LUZIFER
VERLAG

KATE DELORE

Milliramstrudel Mord

EIN BAYERNKRIMI

Diese Geschichte ist frei erfunden. Sämtliche Namen, Charaktere, Firmen, Einrichtungen, Orte, Ereignisse und Begebenheiten sind entweder das Produkt der Fantasie des Autors oder wurden fiktiv verwendet. Jede Ähnlichkeit mit tatsächlichen Personen, lebend oder tot, Ereignissen oder Schauplätzen ist rein zufällig.

LUZIFER VERLAG

Deutsche Erstausgabe

www.luzifer-verlag.de

Umschlag: Michael Schubert | Luzifer-Verlag
Printed in Germany

Dieses Buch wurde nach Dudenempfehlung (Stand 2021) lektoriert.

ISBN: 978-3-95835-605-4

Bibliografische Information der Deutschen Nationalbibliothek:
Die Deutsche Nationalbibliothek verzeichnet diese Publikation in der Deutschen Nationalbibliografie; detaillierte bibliografische Daten sind im Internet über http://dnb.d-nb.de abrufbar.

ÜBER DEN ORT

Herzlich Willkommen in Dacklrain. Bei uns muss man gewesen sein.

So euphorisch begrüßte das am Waldrand aufgestellte, typisch gelbe Ortsschild Durchreisende und Ankömmlinge. Auf den zweiten Blick wirkte es eher abschreckend. Ein schamloser Dreckspatz hatte es mit einem unübersehbaren *Fuck you* beschmiert, aber Dacklrain scherte das nicht. Im Gegenteil. Das 971 gegründete Krautdorf strotzte vor Lebendigkeit und Weltoffenheit und hob sich charakteristisch vom Ortsbild der umliegenden Dörfer ab, was nicht nur an dem Höhenunterschied lag. Der Hügel befand sich neunhundert Meter über dem Meeresspiegel und sah auf die anderen, tiefergelegenen Dörfer hinab.

Fotografen und Filmteams nutzten die bunt angestrichenen Häuser und den buckligen Ortskern regelmäßig als Kulisse. Ein malerisches Fleckchen, sechzig Kilometer südlich von München gelegen, das sich über jeden Besucher freute und hauptsächlich vom Geldbeutel der Touristen lebte.

Trotzdem war das 5000-Seelen-Dorf nicht jedermanns Sache. Schon allein deshalb, weil der kleine verträumte Ort als bayerisches Nobel-Kaff bekannt war, in dem sich auch die *Gspickten* und die regionale Prominenz gern sehen- und niederließen und sich im Ruhm der Ortschaft aalten. So mancher Nachbarort schimpfte sogar über das reiche Dörflein, weil die Besucher bei ihnen selbst ausblieben. Da Dacklrain nur zwei Zufahrtswege durch einen Tunnel besaß, waren auch solche gezwungen, an dem touristischen Ort vorbeizufahren, die ihn mieden. Mondän ging es auch beim beliebten Wellnesshof Feixl zu – na ja, mehr oder weniger. Zumindest machte es den Anschein. Der landesweit bekannte »bayerische Palast« trug einen wesentlichen Anteil dazu bei, dass die Urlauber in den Sommermonaten von überall her pilgerten. Nicht selten kamen sie sogar mit Reisebussen vor dem beliebten Hotel an und spülten richtig viel Geld in die Kassen. Das charmant verzierte Bauernhaus stand von weit her sichtbar auf einer begrünten Anhöhe und lockte Gäste und Freunde aus der Ferne an. Und nicht nur die …

1

Neujahr um an Hahnenschrei
Heilig Drei König um an Hirschensprung
Lichtmess um a ganze Stund

Die grelle Januarsonne brannte auf die Flur nieder. Zwar fühlten sich die Sonnenstrahlen gedämpft an, aber in Dacklrain konnte man spüren, dass sie kräftiger als sonst um diese Jahreszeit auf der Haut brannten.

Bis jetzt war kein Schnee übers Land gefallen. Keine einzige Flocke, die sich auf dem Boden niederließ. Stattdessen zogen die ersten Singvögel pfeifend durch die Lüfte, und es schien, als wäre der Frühling ausgebrochen. Laut Wetteraufzeichnung war dieser Januar schon jetzt der mildeste der vergangenen fünfzig Jahre. Es war nicht länger zu leugnen, dass der Klimawandel in vollem Gange war.

Ein Schwarm dutzender Saatkrähen machte sich die günstigen Wetterverhältnisse zunutze und tummelte sich auf dem Acker, den die Bäuerin Anni Feixl frisch umpflügte. Auf der Suche nach Beute strichen die Vögel über das Feld und zogen Würmer und Getreidekörner aus der gelockerten Erde. Viele der herrschaftlich anmutigen Krähen waren Gäste aus den sibirischen Gebieten, und einige blieben zum Überwintern hier. Ihr schwarzes Federkleid schimmerte geheimnisvoll im blendenden Sonnenlicht. Durch ein lautes scheppperndes Geräusch erschraken die Vögel, die in Windeseile vom Acker abhoben und auf den umliegenden Baumkronen Platz nahmen.

»Herrschaft, was war des?« Die Bäuerin hielt abrupt mit ihrem leuchtend grünen John-Deere-Traktor in den Feldspuren an. Ein rumpelnder Krach war bis zu ihrer Fahrerkabine vorgedrungen. Sie sah irritiert in Richtung des Pfluggeräts, das durch etwas behindert worden war. »Immer des Gschieß mit der Technik. Als hätte ich nix anderes zu tun den ganzen Tag«, beschwerte sie sich kopfschüttelnd. Sie zupfte ihr braun-weiß kariertes Kopftuch zurecht, stieg die zwei breiten Stufen hinab und lief zur Hinterseite des Traktors. »Ja, Himmelherrgott!«, schrie sie auf und schlug sich die zitternden Hände vors Gesicht.

Vor Angst gelähmt, sah Anni Feixl in die landwirtschaftliche Maschine; starrte gebannt auf das, was sie entdeckt hatte und was in der stählernen Pflugschar feststeckte. »Jessas, Maria und Josef! Des gibt's doch nicht«, stieß sie entsetzt aus und hielt den Kopf schief. »Bin ich jetzt deppert?« Entgeistert schielte sie auf den abgetrennten menschlichen Kopf. Sie beugte sich weiter hinab und betrachtete das aschfahle, mit klumpiger Erde und Blut verschmierte Antlitz des Toten. »Des ist doch des Gesicht vom Bauchdrexler, oder nicht?« Sie zog entsetzt den Kopf zurück. Die Bäuerin deutete drei Kreuzzeichen hintereinander an und küsste symbolisch auf das bronzefarbene Kreuz, das sie als Kette um den Hals trug und das ihr Schutz bieten sollte. »Mein Gott, eine Katastrophe ist geschehen! Wenn des der Franzl sieht …« Voller Panik sprang sie in den Traktor. Sie drückte mit dem blutigen Souvenir im Schlepptau aufs Gas und dampfte vom Acker davon. Schon nach wenigen Fahrminuten erreichte sie den kleinen Hügel, fuhr hinauf und bog in den Feixl-Hof ein. Die Bäuerin schlug die Fahrertür des Traktors auf und flitzte in den angrenzenden Wellnesshof. Schnurstracks zu der einzigen Person, der sie ihr grausiges Fundstück zeigen konnte. Schnaufend und außer sich vor Angst.

Was auf dem Ackerland zurückblieb, waren die Krähen auf den Ästen und das Hinterlistige, das sich nach Dacklrain geschlichen hatte. Etwas Bedrückendes schwebte in der Luft. Ein Windhauch mit bitterem Beigeschmack, der unbemerkt hereinströmte und sich ungehindert verteilte, den friedlichen Ort veränderte und auf fatale Weise vergiftete. Dacklrain lag noch im zarten Winterschlaf, aber in der Ortschaft gab es etwas, das in den Einwohnern schlummerte und langsam heranreifte. Ein gefährliches Verlangen, das immer stärker wurde und in ihnen ausbrach wie eine Seuche.

Während die Sonnenstrahlen weiter das Dorf blendeten, ahnte niemand, was bevorstand. Es blieb für die Dacklrainer unsichtbar.

2

Die dunkelsten Begierden lauern in deinem Kopf

Kriminalhauptkommissar Nick Hallinger stand mit weißen Schlappen und hochgezogenen Tennissocken mitten auf dem Hof. Er zog die Schnüre seines cremefarbenen Bademantels zu, auf dem seitlich in weißem schnörkeligen Schriftzug *Wellnesshof Feixl* stand.

Eigentlich war er bis vor wenigen Minuten nur Urlaubsgast auf der Farm gewesen. Einer, der einzig und allein an Wellness, Saunieren und Abschalten dachte. Bis zu der Minute, als die Bäuerin und Hotelchefin Anni Feixl ihn aufgeregt aus dem Bett geklopft und erregt hinter seiner Zimmertür geschrien hatte.

Es war kein Wunder, in Dacklrain war er als Kriminaler längst bekannt wie ein bunter Hund. Im Gegenzug kannte er genauso die bayerische *Mafiakrautfamilie*, bei der er urlaubte. Nicht, dass die Familie verbrecherische Züge hätte. Nur die pechschwarzen Haare, mit denen sie alle ausgestattet waren, erinnerten Nick an sizilianische Verhältnisse. Na ja, fast alle. Einer fiel optisch aus dem Rahmen: Der Sohn Hansi, der plantinblondes, fast weißliches, kurz geraspeltes Haar trug. Und ausgerechnet er war als einziger der Familie schon bei der Polizei auffällig geworden – durch von ihm angezettelte handfeste Bierfestschlägereien. Für die einen war er der *süße Hans*, für Nick nur ein fauler Hoflump.

Er rieb sich angespannt die pochenden Schläfen. In der Tat hätte sich Nick einen schöneren und vor allem sanfteren Weckruf gewünscht, nachdem er gestern in der hoteleigenen Kellerbar ein paar Schnäpse zu viel probiert hatte.

»Wen haben wir denn da?«

»Den Bauchdrexler«, sagte Anni fassungslos neben ihm stehend.

»Ach, Sie kennen ihn?«

»Was heißt kennen? Er ist öfters zu Gast bei uns.«

»*War* öfters zu Gast«, berichtigte er sie und schielte zurück auf den Leichenkopf, was selbst für ihn ein grauenhafter Anblick war. »Wissen Sie sonst noch etwas über ihn? Beruf? Freunde, Bekannte?«

Anni überlegte kurz. »Puh. Geredet hat der gar nicht so viel. Sonst war er eher einer von der staaden Sorte. Verstehens? Aber in letzter Zeit hat er in seinem Wesen aufgedreht. Irgendwas hat er gschnabelt vom Geschäft seines Lebens und damit geprahlt. Umsonst bei uns essen wollt der trotzdem immer. Hat sich gern die Wampe vollgeschlagen für lau. Und des, obwohl sein Geldbeutel voller großer Scheine war.«

»Hmm, verstehe.« Nick drehte seinen Kopf um 180 Grad in Richtung der Hoteleingangstür, da er abgelenkt wurde und stampfende Geräusche hinter sich wahrnahm. *Apropos Essen.*

»Schon gefrühstückt?«

Er sah warnend seine Frau Ilse an, die vermutlich die Weckrufaktion vom Nebenzimmer aus mitbekommen hatte und voller Neugier in Morgenmantel und ihren braunen Fellstiefeln zu ihm herüberstapfte. Ihr hochnäsiger Gang und die blondierten Haare waren so halbwegs das einzige, was ihn an die frühere wilde Zeit mit ihr erinnerte. Seitdem sie nachts eine Atemmaske trug, die laute Geräusche von sich gab, schliefen sie in getrennten Zimmern und nichts war so, wie es einst gewesen war. Schon gar nicht im Bettgemach.

»Der Morgen geht ja gut los«, seufzte Nick angestrengt und meinte nicht den abgetrennten, erdig-schmutzigen Kopf, der demonstrativ bedrohlich in dem Pfluggerät steckte, sondern seine eigene Frau, die optisch immer mehr zu einem wahr gewordenen Fleischbrocken mutierte.

»Oh Gott«, rief Ilse fassungslos über den Fund und schlug sich die Hände vors Gesicht, das plötzlich kreidebleich wurde.

»Appetitlich, ge?«

»Uaaa, ist das widerlich.« Seine Frau kämpfte mit einem sichtlich aufgetretenen Würgereiz und verzog das Gesicht. »Das ist das Schlimmste, was ich je gesehen hab.«

»Schau's dir an, wenn du mir schon folgst. Nur so wirst du eine Hartgesottene«, befahl er seiner Frau. Manchmal hatte Nick das Gefühl, seit zwanzig Jahren mit einem Kurschatten verheiratet zu sein, der ihm überall hin blind folgte.

»Was hast du dir nur für einen ekelerregenden Beruf ausgesucht? Einfach grausam.«

»Sag mal, hörst du das?« Nick ignorierte ihre Aussage und beugte sich zu dem Kopf hinunter. Merkwürdige Geräusche drangen aus dem Schädel und lenkten ihn ab.

»Nein, was?«

»Da brummt's doch.« Irritiert sah er zu Ilse auf.

»Ich glaub, dein Kopf brummt, mein lieber Mann. Kein Wunder, nach deinem Absturz gestern.«

»Ach, Schmarrn. Irgendwas ist da drin. Horch doch mal«, forderte er seine Frau auf.

»Bloß nicht, der Anblick reicht mir für den Rest meines Lebens«, stieß sie angewidert aus und flüchtete ein paar Schritte rückwärts.

»Na, ge. Weil du mir immer nachschleichst.« Vorsichtig näherte sich Nick mit dem Gesicht dem aufgequollenen Leichenkopf und lauschte. Waghalsig nah. Mit seiner rechten Hand öffnete er vorsichtig den bläulich verfärbten Mund des Toten. Und da. Die letzten surrenden Lebenszeichen flogen aus der Mundhöhle und versuchten in die Freiheit aufzubrechen.

»Ist nur eine Fliege«, stellte Ilse fest.

»Nix Fliege. Das sieht aus wie etwas anderes.« Nicks Kopf ratterte.

»Etwas anderes?«

»Ich hab's.« Er klatschte triumphierend in die Hände. »Eine Asiatische Tigermücke. Weißt du noch, das Buch über Insekten in unserem Regal?«

»Hör mir auf. Leben die nicht in Afrika?«

»Wenn ich es dir sag. Durch das milde Klima ist es möglich, dass die jetzt auch in Bayern unterwegs sind.«

»Im Januar?«, bohrte Ilse verdutzt nach.

Das Insekt flog scheinbar mit letzter Kraft auf Ilses kräftigen Unterarm.

»Mistvieh.« Sie schlug mit der anderen Hand zu und zermatschte das Insekt auf ihrer dickschichtigen Haut. »Die Matz wollte mich stechen.«

»Was machst denn? Vernichtest ungefragt mein Beweisstück.«

»Beweisstück ... red doch keinen Schmarrn.« Ilse schüttelte den Kopf. »Da brauch ich kein Blut mehr spenden, wenn ich's mir von den Mücken abzapfen lass. Wie ist dieses Ding überhaupt da hineingekommen?«

»Mei. Hinein gibt's viele Wege. Aber raus finden die meisten nicht mehr, wie im echten Leben«, entgegnete Nick. »Bei dir ist es doch das gleiche Dilemma.«

»Wie meinst jetzt das?«

»Du findest ja auch mühelos in jedes Fettnäpfchen. Aber raus muss ich dir immer helfen.«

»Ge, was du nicht sagst.« Ilse klang beleidigt.

»Und wo ist der Rest vom Bauchdrexler?«, fragte Anni, die weiterhin bestürzt danebenstand. Nick fiel eine goldene Zahnplombe auf, die aus ihrem Mund blitzte und farblich abgestimmt zu Annis gerafften Kreolenohrringen passte.

»Gute Frage, Anni, aber ich mag sie nicht.« Er verzog die Miene und betrachtete weiter den abgetrennten Kopf. »Nicht, bevor ich etwas zwischen den Kiemen hatte.« Er dachte an das für samstags vom Hotel angebotene Weißwurstfrühstück, auf das er sich die ganze Woche gefreut hatte, und das jetzt dahinsiechte wie seine Urlaubslaune.

»Wer hat das meiste Geld, der regiert die Welt«, tönte Kohlkönig Franz Feixl von Weitem und schob einen hellgrauen Schubkarren über den Hof, in dem Krautköpfe zu einer Pyramide gestapelt waren.

»Da kommt mein Mann«, stöhnte Anni und rollte mit den Augen. »Wo warst denn? Ich such dich schon seit einer halben Stunde.«

»Wo werd ich schon gewesen sein? Beim Krautputzen halt. Von nix kommt nix. Oder glaubst du, die Köpfe putzen sich von selbst?« Der Bauer drehte seinen Kopf zum Traktor. »Was ist denn los, ha?«

»Das ist los.« Nick zeigte auf den mit eingetrocknetem Blut und Erde verschmierten Kopf.

»Leck mich am Arsch«, entglitt es Feixl. Seine Augen wurden riesengroß, als er mit dem Schiebebock näherkam. »Ja, sauber. Wer is denn des?«

»Du kennst ihn doch«, sagte Anni. »Jetzt glaub ich's aber.«

»Ah, geh weida. Freilich. Des is ja der Drexi«, fiel es Feixl ein. »Einer meiner besten Kunden.« Vor Schreck ließ er den Karren los, von dem ein paar Krautköpfe mit mäßiger Geschwindigkeit über den Hof purzelten.

»He, bleibt's da«, schrie Feixl und lief dem Weißkraut hinterher.

Nick sah dem Krautbauern verdutzt nach. Er kannte Feixl ein wenig, für den die Köpfe kostbar waren wie pures Gold. Einzelne Goldbarren, die er tagein, tagaus an die Kundschaft hinschuf und sogar eine überregionale Konservenfabrik damit regelmäßig beliefern durfte. Je mehr Kilos sie auf die Waage brachten, umso besser fürs Geschäft, wie er einmal Nick während des Einkaufs im Hofladen verraten hatte. Große Krautköpfe mit durchschnittlich 20 Pfund erntete er besonders gern und diese waren bei dem Bauern gefragt. Das galt aber nicht für die Frauen. Hier war weniger mehr. Oder aus Feixls Sicht; je dünner, desto günstiger. »Dann frisst's ned so viel«, kommentierte er seine abfällige Denkweise gegenüber Nick. Die hatte er von seinem Vater übernommen – genauso wie den Feixl-Hof vor sieben Jahren. Für Sekunden musterte er Anni, die trotz ihrer zierlichen Figur harte Feldarbeit verrichtete und genau ins Beuteschema von Franz Feixl zu passen schien: grazil, fleißig und wenig Appetit. Und im Moment stand Anni unter seiner Fuchtel.

»Wieso hängt der Kopf vom Drexi an unserer Maschine dran?«, wunderte sich Feixl, der schnaufend mit ein paar Krautköpfen unterm Arm zurückkam. »Der hat doch letzte Woche erst no 250 Krautköpfe für das Dorfgründungsfest bei mir bestellt. Im Auftrag des

Bürgermeisters«, sagte der Bauer. »Was hast du verbrochen?«, fragte er Anni vorwurfsvoll und setzte eine zornige Mimik auf, die einer hereinbrechenden Gewitterfront ähnelte.

»Ich? Sag mal, was denkst denn du von mir? Ich bin nur mit unserem Johnny auf die Flur Nr. 5 rausgefahren und hab da ganz normal geackert. So wie du es mir gesagt hast. Der Kopf lag auf unserem Feld eingegraben.«

Johnny – so nannte die Bauernfamilie den grünen Traktorschlitten mit den sonnengelben Felgen, neben dem Nick gerade stand und der wie ein Panzer auf ihn wirkte. Schon deshalb, weil der wuchtige Hinterreifen fast doppelt so groß war wie er selbst.

Ein Mordsdrum.

»Wenn ma dir mal was anschafft …Hätt ich des bloß selber gmacht! Jetzt ham mir die Polizei auf dem Hof.«

»Pfff. Wie mans macht, macht man es verkehrt bei dir«, sagte Anni und winkte mit trauriger Miene ab.

»Jetzt beruhigen Sie sich doch. Wir klären das schon.« Nick machte eine beschwichtigende Handbewegung zu den beiden. Er hatte Mitleid mit Anni. Der Bauer sprang eindeutig zu grob mit seiner Frau um, auch wenn Nick selbst gern stichelnde Kommentare an Ilse verteilte und diese bei ihr zündeten wie Tischfeuerwerk. Aber das zählte für ihn zum harmlosen Foppen. Ein liebendes Necken zweiten Grades. Das konnte er vom Bauer Feixl nicht behaupten. Der stand noch immer neben Nick und schimpfte Anni in scharfem Ton. Das Handy, das sich Nick beim Verlassen des Hotels in die Seitentasche des Bademantels gesteckt hatte, vibrierte eindringlich durch den Frotteestoff. Mit drei Fingern fischte er das Mobilteil heraus.

»Steini, was gibt's denn?«

»Ich weiß, Urlauber soll man nicht stören. Aber du musst sofort herkommen zum Marktplatz.«

»Was ist denn? Ich bin gerade sehr beschäftigt.«

»Glaub mir, es ist verdammt wichtig. Es geht um einen bestialischen Mord. Oder willst du mal wieder der Letzte von uns sein, der davon weiß?«

»Ist denn ein Leichenkopf weniger wichtig?«

»Leichenkopf?«, entgegnete sein Kollege Steinreiter verwirrt. »Mmmmh, das könnte passen. Lust auf ein Puzzle?«

»Was redest du da für einen Bapp?«

»Wir haben einen grausigen Fund gemacht. Ich schätze mal, wir haben den anderen Teil des Toten gefunden. Den Kopflosen.«

Nick sah überrascht auf. »Ich muss los.« Seine Erholung war endgültig futsch.

»Und was ist mit mir?«, fragte Ilse.

»Was soll mit dir sein? Du bleibst natürlich da. Ist ja schon alles bezahlt.«

»Allein Urlaub, na toll«, antwortete Ilse. »Immer machst du dich aus dem Staub.«

»Ge, ge, ge. Dann ruf deine Freundin an. Die Pfauenstiehl hat doch nichts zu tun, die faule Hex«, sagte er. »Sie kann ja mein Zimmer haben.«

»Ernsthaft?«

»Hab ich schon mal einen Witz gemacht? Ich frag das Hotel. Die haben sicher nix dagegen.« Er bemerkte, dass der anfängliche Groll seiner Frau in verhaltene Freude umschlug, was sie mit einem zaghaften Lächeln bekundete.

»Seit wann hast du so gute Ideen?«, fragte sie ihn.

»Ach, du«, stöhnte er und winkte ab. »Pack meine Sachen ein. Ich bin dann weg.«

»Ich such deine Teile geschwind zusammen und die Kira ruf ich auch gleich an«, sagte sie motiviert und rannte zurück ins Hotel.

»Das machst. Hauptsache mich lässt jetzt arbeiten«, ächzte Nick und sah ihrem Turbowackelgang nach, bei dem ihre von Cellulite gezeichneten Schenkel wackelten. Während er froh war, wenn er mal seine Ruhe hatte, konnte Ilse offenbar keine Sekunde allein verbringen.

Der Magen des Kriminalhauptkommissars knurrte unüberhörbar laut. Aber ihm hatte es gehörig den Appetit verdorben. Er verließ den Hof und sah dabei im Augenwinkel eine junge Dame, die musternd durch die Ritzen des Hotelbalkons schielte. Aber er hatte keine Zeit mehr, sich ihr näher zu widmen.

Wie passt die da bloß rein, wunderte sich Nick im Hinblick auf Ilses Leibesfülle. Er quetschte sich hinter das Lenkrad von Ilses beengtem Auto, mit dem sie gemeinsam zum Wellnesshotel angereist waren. In Nicks Kopf ratterte es, so wie der vibrierende Motor. Irgendetwas war neuerdings im Busch in Dacklrain. Er musste herausfinden, welches brutale Verbrechen hinter diesem Mord steckte und über dem Ort lag, wie eine dunkle, schwere Gewitterwolke, die sich explosionsartig entladen würde.

3

Das, was du fürchtest, wird dich ereilen

Vor Schmerz gekrümmt lag Lexi Bäumel auf dem Balkon des *Wellnesshofs Feixl.* Sie stützte sich vom Boden ab und hob den Kopf, was mit ihrem enganliegenden, dunkel schimmernden Kostümchen und den schwarzen High-Heel-Stiefeletten gar nicht so leicht war. Mit einer neugierig-kranken Faszination schielte sie durch die seitlichen Holzbalken und zoomte mit der Handykamera an das Mordsgeschehen heran. *Abartige Welt.* Sie harrte schon minutenlang in der eingerollten Position aus und quälte ihren Rücken. Nur um nicht erwischt zu werden als wissbegierige Angestellte, die nichts Besseres zu tun hatte, als während der Arbeitszeit die Leute auszuspionieren. Abgesehen davon stand ihre Chefin Anni Feixl mittendrin im Geschehen, bekleidet mit grünen, erdigen Gummistiefeln und in dreckiger Arbeitsmontur, und könnte sie jederzeit durch die breiten Spalten entdecken. Lexis aufgetretener, stechender Schmerz im Lendenbereich war bedeutungslos geworden, seitdem sie freie Sicht auf den abgetrennten Kopf hatte. Diesen ekelhaften, schockierenden Anblick würde sie nie mehr aus ihrem Gedächtnis streichen können. Sie schoss ein paar Bilder, als plötzlich ihr Handy laut zu vibrieren anfing und den Namen des Anrufers anzeigte.

Nicht der wieder.

»Kann jetzt nicht«, flüsterte sie heiser.

»Wieso? Was ist los?«, fragte die männliche Stimme. »Gibt's was Neues, was du mir vorenthalten willst?«

»Ich rufe später zurück. Das glauben Sie mir nie.« Ohne eine Antwort abzuwarten, legte Lexi auf und widmete sich weiter dem Geschehen. Sie beobachtete ein Polizeiauto, das mit lärmenden Sirenen die Hofeinfahrt hereinfuhr, und Polizisten, die aus dem Wagen stiegen und Fotos des Kopfes machten.

»Alexandra«, tönte eine wütende Stimme hinter ihr. Lexi zuckte zusammen. *Bitte nicht.* Mit ihrem vollen Vornamen rief sie nur eine. Ihre Chefin. Manchmal aber auch ihr Freund Justus, der so im strengen Polizistenton nach ihr rief. Immer dann, wenn er mordsmäßig sauer auf sie war.

»Was schnüffelst denn hier oben? Wir sind hier nicht bei der Zeitung, ge?« Anni Feixl bäumte sich hinter ihr auf und stemmte die Arme in die zerbrechlichen Hüften. Anders als sonst war sie heute mit ihrer Arbeitskluft in das Hotel gekommen. Nur aus den dreckigen Gummistiefeln war sie geschlüpft und trug stattdessen hoteleigene, weiße Hausschuhe. »In der Lobby wartet ein neuer Gast. Die Pfauenstiehl, Frau des Bürgermeisters …«, sagte ihre Chefin aufgeregt. »Beeilung, schick dich ein bisserl. Ich muss mich noch umziehen und meine Hände bürsteln. So kann ich mich nicht bei der sehen lassen.« Sie klatschte in die Hände und trieb Lexi nach unten, was ein wenig an einen Almabtrieb erinnerte. Hätte nur die bimmelnde Glocke um Lexis Hals gefehlt. Eigentlich war die Feixl nie so streng zu ihr, seit sie vor sechs Monaten angefangen hatte im Wellnesshotel zu arbeiten. Aber heute schien sie ungeheuer nervös zu sein, was Lexi kaum wunderte bei den mörderischen Aufregungen. Man hatte zugegebenermaßen nicht jeden Tag das Vergnügen mit einer Kopfleiche.

Lexi stieg die letzte Treppenstufe zur Lobby hinab und erhaschte einen Blick auf Frau Pfauenstiehl, die sich in der dunkelbraunen Ledercouch leger zurücklehnte und gelangweilt ihre metallic-lila lackierten Fingernägel betrachtete. Die braune Pelzjacke hatte sie dabei lässig über ihre Schultern gehängt.

»Na gut, dann treffen wir uns ein letztes Mal übermorgen dort, aber künftig brauchen wir ein anderes Versteck«, hauchte sie gerade in ihr Smartphone, das sie zwischen Schulter und Ohr geklemmt hatte. »Dieselbe Zeit, wie immer.« Sie rollte genervt mit den Augen. »Nein, natürlich nicht. Ich bin ja nicht blöd«, flüsterte sie. Ohne Verabschiedung legte sie auf.

Lexi runzelte die Stirn und sah in den Computer vor sich, oder spielte es zumindest alibimäßig so vor.

Vermutlich eine Affäre, tippte sie intuitiv auf den Anrufer. *Wohlhabende Frauen sind die Schlimmsten.* Die Dame tupfte sich mit dem Zeigefinger etwas Lipgloss auf die Lippen, mit der anderen hielt sie einen kleinen quadratischen Spiegel in der Hand. »Können wir endlich?«, zischte sie Lexi zu.

»Gern«, antwortete diese in aller Ruhe und sah für den Check-in auf den überreichten Ausweis der Dame. Zwar war Kira Pfauenstiehl mit ihren neunundfünfzig Jahren nicht mehr die taufrischeste in Dacklrain, aber dank einiger Liftings, Schönheits-OPs und tonnenweise Make-up hielt sie sich optisch über Wasser, mutmaßte Lexi, während sie die Personaldaten eintippte. Nur der graue Haaransatz, der unter dem schwarz gefärbten, hochtoupierten Haar herauswuchs, ließ ihr wahres Alter auffliegen. Die *First Lady* aus Dacklrain war überführt.

»Ich möchte die nächsten Tage nicht gestört werden, von niemanden. Ist das klar?«

»Gar kein Problem.« *Alte verdorbene Schnepfe.* Lexi setzte ihr charmantestes Lächeln auf und wischte sich eine schokobraune Strähne hinters Ohr. Gelegentlich konnte Lexi nicht widerstehen und verglich sich optisch mit weiblichen Gästen, die wie sie Ende zwanzig waren. Aber bei dieser aufgedonnerten Schachtel kam sie schon dreifach nicht in Versuchung: zu alt, zu eingebildet, zu gekünstelt. Anders als die Pfauenstiehl achtete Lexi auf dezentes Make-up und trug eine natürliche Frisur. Zudem ging ihr das aufgeblasene *Ich-bin-die-Frau-des-Bürgermeisters-und-stehe-über-euch-allen*–Gehabe gänzlich gegen den Strich. Lexi sah sich als zurückhaltende und dennoch taffe Frau. Sie war peinlich berührt und lief rot an, wenn sie mal im Vordergrund stand. Allein von dem Gedanken, eine öffentliche Person wie die Pfauenstiehl zu sein, bekam sie großflächigen Ausschlag und einen rasenden Puls. Frau Pfauenstiehl stöckelte währenddessen mit ihren spitzen, weißen Lackpumps in Richtung Aufzug davon. »Ilse, Schätzchen!«, rief sie freudig vor dem Fahrstuhl und riss die Arme nach oben. Dann steuerte die Pfauenstiehl auf eine andere Dame zu, die sie mit zwei angedeuteten Luftküsschen links und rechts begrüßte. »Na, das war ja mal eine tolle Einladung auf meinem AB. Ich bin sofort losgefahren.«

»Die bräuchte mal a ordentliche Fotzn.« Der *süße Hans* tauchte plötzlich hinter Lexi an der Rezeption auf und riss sie aus ihren eigenen giftigen Gedanken. »Die dreckige Pelzschlampn.«

»Wie bitte?« Lexi sah Hans entgeistert an, der sich genüsslich die klebrigen Finger von einem Marmeladenbrötchen abschleckte. Sie kannte zwar seinen Spitznamen, aber wieso man ihn in der Familie so nannte, wusste sie nicht genau. Entweder, weil er ohne die täglichen Naschereien nicht auskam oder weil man ihn aufgrund seines unschuldigen Lächelns so nannte. Aber das war reine Spekulation.

»Ist doch die Wahrheit«, fauchte er weiter. »*Der* sollte man bei lebendigem Leib die Haut abziehen.« Er biss die Zähne aufeinander, wutgeladen.

»Gnade gibt's bei dir nicht, was?«, fragte Lexi.

»Wieso auch? Dacklrain hat seine eigenen Gesetze.« Der *süße Hans* sah sie feindlich an. »Viel Spaß erstmal mit dem Gspinnerten da drüben.« Hans tat einen seitlichen Kopfnicker.

»Ja, varreck. Da is ja der Tachinierer.« Franz Feixl stand breitbeinig in moosgrüner Arbeitsschürze in der Lobby und hielt ein Krautmesser mit auffällig langer Klinge in der Hand. »Auf geht's Bua, a Haufen Winterkraut is in der Halle und du denkst nur ans Fressen«, beschwerte er sich mit grantiger Miene.

»Vater, reg dich nicht so künstlich auf, sonst kriegst in deinem Alter noch einen Herzinfarkt.« Hans verzog die Lippen und wischte sich an seinem hellen flaumartigen Kinnbärtchen herum.

»Du ge, gleich schepperts, fauler Hund. Kriegst mir keinen Lohn mehr, wennst so weiter machst.«

»Ist ja gut, ich komm ja schon.« Hans hob abmildernd die Hände. »Nicht mal in Ruhe essen kann man bei euch. Schönes Wellnesshotel habt ihr da.« Hans, der nach der bestandenen Landwirtschaftsschule direkt beim Betrieb seiner Eltern angestellt worden war, zeigte erkennbares Desinteresse an der landwirtschaftlichen Arbeit. Viel lieber wäre er als Beruf nur Sohn geblieben, wie er offenkundig zugab. Aber er hatte anscheinend keine andere Wahl. Schon allein durch seinen strengen Vater, der ihn herumzuscheuchen versuchte, wie einen jungen Hofhund. Hans folgte ihm und verschwand nach draußen, so schnell wie er aufgekreuzt war. Lexi hörte nur den lauten Motor des Traktors, mit dem er vor der Eingangstür abzischte.

»Kann ich einchecken, Madame?«

Sie drehte ihren Kopf. Ein neuer Gast mit schwarzem Jackett und Stoffhose stand vor ihr, den ihr Hans längst angekündigt, den sie aber wegen ihrer geistigen Abwesenheit nicht realisiert hatte.

»Ja, sicher.« Lexi lächelte ihn an. »Herr …?«

»Bastian Karlic.«

Anstatt ihm zuzuhören, starrte sie ihn an. Lexi bemerkte, dass der Mann zwei Hüte übereinander trug, wovon der oberste löchrig war.

»Wenn mir einer wegfliegt, habe ich immer noch den anderen«, kommentierte er seine doppelte Kopfbedeckung. »Ohne meine beiden Hüte verlasse ich nicht das Haus. Schlau, nicht wahr?« Er strich mit einer Hand an seinem schwarzen Haarende entlang, das er zu einem kurzen Pferdeschwanz gebunden hatte. »Na, was ist?«, fragte er und wiederholte den Namen. »K wie Karlic.«

Eher H wie Hutmann.

»Ja, äähhm, natürlich.« Lexi fühlte sich ertappt und spürte, wie Hitze in ihren Wangen aufstieg. Sie tippte hektisch im Computer den Namen ein und legte die Hotel-Keycard auf den Tresen.

Lexi sah ihn an, als sei er frisch vom Mars gelandet. Einerseits war er vornehm gekleidet, andererseits passte sein Kopf samt Frisur nicht mit dem Rest zusammen. Der Mann packte die Karte und klemmte seinen schwarzen Aktenkoffer so fest unter den Arm, als schleppte er eine Million Euro mit sich herum. *Mindestens.*

»Nun, denn …« Der Hutmann nickte ihr freundlich zu und drehte sich um. »Ich darf doch bitten …«, stieß er an einen anderen Gast gewandt hervor, der ihn beim Vorbeigehen angerempelt hatte.

Lexi schaute auf einen großgewachsenen Kerl mit steingrauer Jeansjacke und blütenweißem Tanktop, unter dem sich Brustmuskeln abzeichneten. Ihr drängte sich ein Gedanke eines TV-Spots auf, in dem sich der Kerl überraschend sein Oberteil zerriss, sich entblätterte und die Frauen begeistert zu kreischen anfingen. Aber Lexi war wenig beeindruckt von der Vorstellung. Für sie war der Kerl nur ein Sonderling unter vielen urlaubshungrigen Gästen. Lexi bemerkte, dass sich die Blicke der beiden Männer sekundenlang trafen und aneinander kleben blieben. Hatten sie bereits Bekanntschaft miteinander gemacht und konnten sich nicht ausstehen? Ein Streit unter Gästen? Der Hutmann verschwand mit großen Schritten und dem Gepäck in Richtung seines Zimmers. Währenddessen baute sich der Neue direkt vor ihr auf und steckte sich lässig einen Kaugummi in den Mund. Provokativ schmatzend sah er sie an.

Lexi spürte die belebende Brise, die ihr frontal ins Gesicht wehte. Heute war wieder viel Betrieb im Hotel, auch wenn die Weihnachtstage längst vorbei waren. Was der Typ wohl hier wollte? Er sah nicht nach dem klassischen Urlauber aus. Aber gab es diesen überhaupt, der mit Hawaiihemd, Flip-Flops unterm Arm und *Im-Urlaub-Schild* zu ihnen hereinschneite?

»Huhu. Träumst du, Kleine?« Der Jeansjacken-Heini trommelte mit dem Zeigefinger ungeduldig auf den Rezeptionstresen. An seinem Handgelenk trug er eine Tätowierung in Form eines chinesischen Zeichens. »Ich hab heute noch mehr zu tun als Däumchen zu drehen. Also her mit dem Zimmer.«

»Ja, selbstverständlich«, sagte Lexi. Sie sah, wie er sich mehrfach an seinem dunklen Drei-Tage-Bart kratzte und ihr genauestens auf die Finger schaute. Doch Lexi versuchte, sich ihre Nervosität nicht anmerken zu lassen. Sie war mittlerweile auf sämtliche arbeitsmäßige Hotelgegebenheiten eingespielt. Lexi kopierte den Ausweis und prüfte den Namen. *Pius Wallig*. Dann überreichte sie ihm zügig die Keycard. Unnötiger Ärger mit genervten Gästen hätte ihr gerade noch gefehlt, zumal Anni Feixl immer ein Auge auf sie hatte. Unzufriedene Gäste waren Gift fürs Geschäft.

»So, bitte, Herr Wallig.«

»Na, endlich. Geht doch, Kleine.« Der Typ riss ihr die Karte aus der Hand.

»Einen angenehmen Aufenthalt.«

»Ob es angenehm wird, muss ich erst noch checken. Aber vorher tauche ich in eurem Pool unter«, sagte er, grinste und verschwand in Richtung Aufzug.

Lexi runzelte die Stirn und schaute dem Kerl nach, bis sich die Aufzugtür geschlossen hatte. Ihr Blick fiel auf die große, golden umrahmte Wanduhr, die in der Mitte oberhalb der beiden Aufzüge hing und von der Sonne angeleuchtet wurde. Ihre Schicht im Wellnesshotel war gleich zu Ende. Aber ihr zweiter Job, ihre Berufung, für die sie Feuer und Flamme war, hatte gerade erst angefangen …

Die Sonne brannte auf die spitzen, roten Ziegeldächer der umliegenden Häuser, als gäbe es in dem blutjungen Jahr keinen Winter mehr. Durch den intensiven Föhn konnte man direkt die Münchner Hausberge erspähen, so als stünden sie im Nachbarort. Einige Krähen kreisten am strahlend blauen Himmel und ließen sich krächzend rund um den Marktplatz nieder. Normalerweise wimmelte es auch an winterlich-sonnigen Wochenenden vor Besuchern, die auf dem beliebten Markt flanierten und an den aufgebauten Souvenir- und Fressbuden einkauften. Aber heute war er leergefegt. In der Mitte des Platzes stand eine weiß-goldene Mariensäule, die zusammen mit dem charismatischen Platz ein beliebtes Postkartenmotiv in Dacklrain darstellte. Und nicht zu vergessen im Hintergrund die bekannte Dorfkirche St. Pongratz; das Wahrzeichen von Dacklrain. Mit ihrer weißen Turmspitze überragte sie die bunten Häuser um Längen, die auch noch in der Ferne gut erkennbar war. Vor allem nachts, da sie in hellweißen Lichtern erstrahlte und ein echter abendlicher Hingucker war. Von Nahem erklang die Glocke der Kirche und schlug mit hellen Klängen die volle Stunde: neun Uhr.

»Halleluja. Was für ein Start in den Morgen.« Nick atmete einmal tief durch.

»Hab ich dir zu viel versprochen?«, fragte ihn sein junger Kollege Justus Steinreiter und verschränkte neben ihm die Arme.

»Das wäre untertrieben.« Fassungslos starrte Nick weiter nach oben und blinzelte ins erdrückende Sonnenlicht. »Da hängt er also«, entfuhr es ihm. An einem zehn Meter langen, weiß-blauen Maibaum schaukelte der kopflose angebundene Körper auf halbmast. Das Hemd war an der Vorderseite bis zum Bauchnabel zerrissen und lange, dunkle Brusthaare drangen heraus.

»So was nennt man am Pranger.« Nick hatte ja schon vieles in seiner Laufbahn gesehen und war in gewisser Weise abgehärtet. Aber so etwas Abscheuliches? Noch dazu in Dacklrain, wo es bisher nur ein blutiges Familienattentat letztes Jahr gegeben hatte? Da schluckte selbst er. Zwar raubten hier und da ein paar Spinner die einzige Bankfiliale im Zentrum leer, und auch Diebe gab es, die sich gern an den Handtaschen der Touristen bedienten. Aber das war für ihn als Ermittler zu ertragen. Mit all diesen Dingen konnte Nick leben und gedanklich zur Ruhe finden. Aber mit einem bestialischen Mord direkt vor seiner Linse? »Was steht da? *Leide*. Was hat das zu bedeuten?«, fragte er den Kollegen Steinreiter und wischte sich über die Augen. Fünf Großbuchstaben, die auf der nackten Haut oberhalb des Nabels eingeritzt wurden und Nick in Aufregung versetzten.

»Offenbar ein Racheakt. Aber so weit sind wir noch nicht«, erklärte dieser. »Die Spurensicherung war eben schon da und hat Fotos gemacht.«

»Und?«

»Fehlanzeige. Bei dem Toten wurden keine Fingerabdrücke oder sonstiges Beweismaterial gefunden, was uns weiterhilft«, sagte er. »Zumindest weiß ich, wer er ist.«

»Olaf Bauchdrexler«, antwortete Nick.

»Woher weißt *du* das?«

»Ich habe Bekanntschaft mit seinem Kopf gemacht. Schon vergessen? Die Finderin Anni Feixl konnte ihn identifizieren.«

»Ach, ja«, fiel es Steinreiter wieder ein.

»Er hat im Rathaus als Sachbearbeiter gearbeitet«, ergänzte Nick.

»Sag mal, brauchst du mich überhaupt?«

»Ja, freilich. Immer.« Nick tätschelte ihm tröstlich die Schulter. »Hast noch ein paar Fakten für mich?«

»Der Tote war 51, ledig und hat allein gelebt. Scheinbar hat er auch keine Nachkömmlinge. Und ansonsten sieht's mau aus mit der Faktenlage«, sagte er und zog die Schultern nach oben. »Mehr Infos über den Toten hab ich auch noch nicht.«

»Das ist doch schon mal was. Ein einsamer Mensch quasi«, spekulierte Nick. »So ähnlich hat ihn auch die Feixl beschrieben. Solche sind äußerst beliebte Opfer, weil die keiner sucht.« Nick lächelte Steinreiter zu. Das Oberwasser über seinen zehn Jahre jüngeren Kollegen zu halten, war eines der wenigen Dinge, die ihn innerlich zufriedenstellten. Und seine höhere Position, die er ihm gegenüber bisher tapfer verteidigte. Und das sollte auch so bleiben. Selbst wenn Steinreiter als

Kriminaloberkommissar das größere Haus, eine buschig braune Haarpracht und eine um Längen attraktivere Freundin vorzuweisen hatte. *Man kann halt nicht alles haben,* dachte Nick. Er musste sich eingestehen, dass er selbst nicht mehr der tolle Hecht von früher war. Allenfalls ein Fisch, der schon seit einer Weile im Teich herumdümpelte. Stattdessen musste er sich als 48-Jähriger mit altersbedingten Problemen herumschlagen, wie seinen licht gewordenen, grau-melierten Haaren, die er regelmäßig mit einer satten Brauntönung aufmotzte. Zumindest das, was von ihnen übriggeblieben war. Der Zahn der Zeit und die vielen Ärgernisse als Ermittler gingen auch an ihm nicht spurlos vorbei. Das galt ebenso für seine Frau, die von Jahr zu Jahr mehr Kilos anschaufelte. Das Bild seiner Ilse, die mit fleischigen Stampfern und aufgedunsenem Gesicht auf ihn zuwackelte, tauchte vor seinem geistigen Auge auf – ob er wollte oder nicht. »Ach, zum Teufel«, schimpfte er leise.

»Was hast du?«, fragte Steinreiter irritiert.

»Nur der ganz normale Ehewahnsinn.«

»Aha. Na ja, wie auch immer.« Steinreiter kratzte sich am Kopf. »Ich würde vorschlagen, wir kümmern uns erst mal um diesen Wahnsinn da.«

Nick schaute wieder auf die hängende kopflose Leiche und verzog gequält das Gesicht. Außenstehende hätten meinen können, dass der Anblick des Toten dafür ausschlaggebend war. Aber ihn plagte noch etwas anderes. Ein grässliches Jucken in seinem linken Fuß hatte eingesetzt, das hauptsächlich in verzwickten Situationen auftrat. Immer dann, wenn er auf glühenden Kohlen saß und das Gefühl hatte, keine Antwort parat zu haben.

Nick rieb sich den Fußrücken kräftig an der Unterseite der anderen Wadl, während er aus der Ferne weiter den Toten betrachtete. *Ja nicht kratzen*, fiel ihm der Kommentar von Ilse ein, wenn seine leidige Mimik mal wieder durchsickerte. Mit einem mahnenden: *Ich warne dich,* setzte sie noch eines drauf und sah ihn an, als würde sie ihn mit ihren bloßen Händen erwürgen. Spätestens aber bei dem Satz: *Wenn du nicht aufhörst, lernst du mich mal richtig kennen,* war es höchste Eisenbahn für Nick, in Deckung zu gehen. Dann war Ilse in ihrem Element, hob drohend den Zeigefinger und wurde fuchsteufelswild. Aber er hatte nun mal sein Kratzverhalten nicht im Griff. Und schon gar nicht, wenn ein Schub der Extraklasse im Anmarsch war. Noch dazu an so einer empfindlichen Stelle, wie es bei ihm der Fall war, und der durch einen zu hohen Stresspegel ausgelöst wurde. *Scheiß Neurodermitis.* Wieso musste ausgerechnet er mit offenem Schuhwerk als Beamter durch die Welt laufen? Genauso gut hätte er sich fragen können, wieso Ilse gezwungen war, eine Schlafmaske zu tragen, die sie vor nächtlichen Erstickungsanfällen bewahrte. Und wieso dieser Tote dazu auserkoren worden war, gnadenlos geköpft zu werden.

»Hallo, Sie!«, rief Nick, der plötzlich aus seinen Gedanken geholt wurde. »Stehenbleiben.« Ein Tourist war über die roten Absperrbänder gestiegen, die rings um den Platz gezogen worden waren, und hatte dreist ein Foto des Toten geknipst. »Sag mal, pennt ihr denn alle? Das gibt's doch nicht«, schimpfte er die Polizisten, die um den Marktplatz standen und den Tatort bewachten. »Unglaublich. Die schlafen wie die Murmeltiere.« Nick war in Rage über den laienhaften Vorfall. Erst als einer der Polizisten den Touri stoppte und ihn des Platzes verwies, fuhr er wieder mit seiner Lautstärke herunter.

»Und warum holt niemand dieses arme Schwein vom Mast herunter?« Er drehte fuchsig seinen Kopf in alle Richtungen.

»Hast du schon gesehen, was das für ein Brummer ist? Für den braucht man ordentlich Kraft. Der Kollege mit Muckis ist gleich da und hilft uns.«

»Ge, ge, ge. Übertreib doch nicht so. Alles laare Hosn um mich herum.«

»Nur eine Frage, Nick: Wieso erledigst du es nicht selbst?«

»Das würde ich mit links schaffen. Aber ich bin nicht im Geringsten schwindelfrei, schon vergessen? Oder willst du heute neben der Leiche noch einen Ohnmächtigen sehen?«

»Du hast gewonnen. Ich verzichte freiwillig«, sagte Steinreiter und machte eine abwehrende Handbewegung. »Eins ist übrigens sehr merkwürdig.« Er übergab eine schwarze Geldbörse an Nick. »Wirf doch mal einen Blick rein, was der Tote so bei sich hatte.«

Nick öffnete das Steckfach, in dem ihm viele Geldscheine ins Auge sprangen. »Das sind ja … über zehntausend Euro.« Nick sah Steinreiter ungläubig an. »Wieso läuft der Depp mit so viel Asche durch die Gegend?«

»Glücksspiele?«

»Hm. Ja, möglich. Die Kohle scheint dem Mörder aber wurscht gewesen zu sein.« *Das Geschäft seines Lebens,* erinnerte sich Nick wieder an die Aussage der Bäuerin. Um welches Geschäft handelte es sich dabei?

Aus dem Geldbeutel des Toten, den er noch immer in der Hand hielt, flatterte aus dem Seitenfach eine längliche, zerknitterte Einlasskarte mit rötlicher Umrandung. »Na nu?« Nick bückte sich und hob sie musternd auf.

Club Sechs Stäbe.

In kleinen, roten Lettern war der Name aufgedruckt. Der untere Teil war abgerissen. Nick drehte die Karte um, auf der der 3. Januar, 20 Uhr vermerkt war.

»Hm. Dienstag. Das war vor vier Tagen«, sagte Nick. »Hat ein neuer Nachtclub aufgemacht, von dem ich nichts weiß?« Er hielt Steinreiter die Karte direkt unter die Nase.

»Darf ich?« Steinreiter nahm die Eintrittskarte und beäugte sie.

»Sagt dir der Name etwas?«

»Nie gehört. Aber ich werde mal meine Freundin Lexi fragen. Die ist oft unterwegs und kennt sich bei so was besser aus. Vielleicht war sie sogar bei der Clubpremiere dort, so genau kann ich das bei der nicht wissen«, seufzte er. »Als Journalistin steckt sie leider überall ihr Näschen rein.«

»Dass die Weiber immer so neugierig sein müssen, ha? Die meine ist die Gleiche. Hätte ich mir damals bloß einen Hund angeschafft«, stöhnte Nick. »Also meinetwegen. Zeig sie ihr.«

Steinreiter ließ die Karte in seiner Hosentasche verschwinden.

»Na, endlich. Da kommt ja einer von uns.« Nick drehte sich zum einfahrenden Polizeiwagen um, der hinter ihnen stehen blieb. »Wird auch höchste Zeit. Damischer Dritschler.«

Ein beleibter Polizist stieg aus dem Wagen.

Ah, ge. Nicht der Knoblauchheini. Nick rollte abfällig mit den Augen. Er konnte Kriminalkommissar Claudius Klingl auf die Pest nicht ausstehen. Daher schnauzte er ihn auch gern mal an. Woher die Abneigung gegen den Kollegen kam, konnte er nicht sagen. Aber allein der breite *Belli* ließ ihm sauer aufstoßen. Und vermutlich war es zugleich der penetrante Knoblauchgeruch, den der Kollege auftrug wie sein tägliches Parfum.

»Hol den Toten vom Mast«, befahl Nick streng und deutete mit dem Zeigefinger in Richtung der Leiche. »Das ist doch kein Zustand. Selbst, wenn sein Kopf ab ist.«

»Sag mal, bin ich dein Butler?«, fauchte Klingl zurück.

Nein, aber mein Untergebener.

»Jetzt mach schon. Dalli, dalli«, sagte Nick stattdessen und wedelte lebhaft mit den Händen.

»Wie redest du eigentlich mit mir? Ich bin immer noch dein Kollege«, rief der Dicke und schlug die Fahrertür lautstark zu.

Nick sah kurz in den Himmel hinauf. Wenn die Sonne auf dem Marktplatz nicht so heiß heruntergebrannt hätte, wäre es auf der Stelle kalt geworden. Denn unter den Kollegen ging es frostig zu.

»Jetzt beruhige dich, Hallinger. Ich geh ja schon.«

»Das würde ich dir auch raten«, zischte Nick.

»Wenn jeder Polizist so launisch wäre wie du, dann hätte ich längst gekündigt.« Klingl zog eine mitgebrachte Leiter aus dem Kofferraum und latschte damit zum Maibaum vor. Dort angekommen stellte er sich auf das wackelige Gestell und löste den Strick des toten Körpers. Mit beiden Händen holte er den Leichnam vom Mast, der mit einem Schwung nach vorn absackte und mit dem Oberkörper voraus auf die Pflastersteine prallte.

»Pass doch auf«, schrie Nick.

»Das war nicht meine Schuld. Der ist ein Brocken«, sagte Klingl abwehrend. »Wurde der Tote schon identifiziert?« Nick fiel auf, dass sein Kollege so intensiv schnaufte, als würde er gleich einen Herzinfarkt erleiden, aber er hegte nicht das geringste Mitgefühl mit ihm.

»Bauchdrexler«, antwortete Nick unterkühlt.

»Der Bauchdrexler?« Klingls Gesicht sah geschockt aus.

»Etwa auch ein Bekannter?«, bohrte Nick lustlos nach. Anscheinend kannten in Dacklrain viele Einwohner den Toten. Nur er nicht, obwohl Nick den Ort wie seine Westentasche kannte. Das glaubte er zumindest. Er wusste so einiges. Schon allein durch seinen Vater Gustl hatte er, manchmal unfreiwillig, einige Fälle samt ausschweifender Details mitbekommen. Der hatte einst im Ort ebenso als erfolgreicher Kriminalhauptkommissar agiert und Nick am Frühstückstisch fast täglich mit spannenden Geschichten rund um seine Ermittlungen versorgt, ob sein Bub Lust darauf hatte oder nicht.

»Nein, nein. Woher denn?« Klingl wedelte energisch ab und wischte sich Schweißperlen von der Stirn. »Puh. Der war bleischwer.« Er lüftete sein Hemd und hechelte, so als litte er an Schnappatmung.

»Alles in Ordnung?«, fragte Steinreiter nach.

»Geht schon wieder.« Klingl wischte sich eine schweißnasse Strähne aus dem Gesicht. »Sind wir hier fertig?«

»Sind wir«, gab Nick kalt zurück.

Wie von einer Biene gestochen stieg Klingl in den Dienstwagen und rauschte mit quietschenden Reifen davon.

»Was hat der denn für ein Problem? Der war ja kreidebleich«, sagte Steinreiter verdutzt und zog die Schultern nach oben. »So kenne ich den ja gar nicht.«

»Offenbar ist unserem Breznsalzer schlecht geworden. Solche mag ich ja am liebsten. Hast du nicht ab morgen Dienst mit dem Deppen?«, erkundigte sich Nick.

Steinreiter nickte und verzog erkennbar seine Miene.

»Ha! Dann viel Spaß«, giftete Nick. Er beugte sich über den entstellten Leichnam.

»Wer hat dir das angetan, du armer Teufel, ha?« Nick drehte den Kopf, da er hinter sich ein anfahrendes Auto wahrnahm. Der eingetrudelte Rechtsmediziner Klaus von Dannenhall stieg überheblich aus seinem weißen Mercedes SL 63 und ging flott auf sie zu. »Toller Flitzer, was? Mein neues Sahnestückchen.«

Angeber.

Mit seinen zweiundsechzig Jahren stand von Dannenhall zwar schon knapp vor dem Renteneintritt, aber mit seiner engen, löchrigen Jeans, dem weißen Kapuzen-Sweatshirt und rot-weißen Sneakers war er so flippig gekleidet wie einer, der den Vierzigsten noch vor sich hatte, samt (wahrscheinlich unvermeidbarer!) Midlifecrisis.

»Da ist ja unser Sunnyboy«, sagte Nick und überspielte seine Aufregung – und den Anflug von Neid. »Wie war's in Brasilien?«

»Warm und sonnig, fast wie hier«, sagte der sichtlich gebräunte von Dannenhall und ging auf den Leichnam zu. »Na, was haben wir denn hier für einen Toten?« Er schob die dunkle Sonnenbrille nach oben.

»Einen gut Geköpften, so viel steht fest.« Nick war beunruhigter, als er nach außen hin zugeben wollte. Er hoffte, dass niemand der Umstehenden ihm anmerkte, wie sehr ihm der Anblick in Wahrheit zu schaffen machte.

»Hm, ja. Sieht in der Tat abgehackt aus«, sagte von Dannenhall und begutachtete den Körper.

»Womit wurde der Kopf abgetrennt?«

»Schwer zu sagen. Spontan würde ich auf ein Beil tippen. Oder auf eine Axt. Dieser Jemand hat gut durchgezogen.«

»Ein Axtmörder, der nachts bei uns herumläuft und seine Opfer köpft?«, fragte er. Nick war erschüttert und enttäuscht gleichzeitig. Er hatte sich eine aufschlussreichere Antwort des Rechtsmediziners erhofft. Etwas, das ihm auf die Sprünge helfen würde, die Mördersuche eingrenzte und nicht in jedem Baumarkt erhältlich war.

»Wie lange ist er schon tot?«

»Ich würde sagen, acht bis zehn Stunden. Grob geschätzt«, antwortete von Dannenhall. »Der Mord ist heute Nacht passiert.«

Nick fixierte erneut die Botschaft auf der breiten Brust des Toten von Nahem und fuhr mit dem Handschuh über das *eingravierte* Wort. *Leide*. Er presste die Lippen zusammen. Gelitten hatte der Tote in der Tat. Noch nie wurde ihm in seinem Heimatort ein so kranker Fall zuteil, dessen er sich annehmen musste. Dacklrain war weit über die Ortschaft hinaus bekannt für seine großen, qualitativ hochwertigen Krautköpfe, aber nicht für abgehackte Menschenköpfe, die man gesondert aufgabelte.

Nick drehte sich spontan zur steinernen Mariensäule um, die hinter ihm auf dem malerischen Platz thronte und über den Markt zu wachen schien. »Du weißt, wer das war, ge?« Er wartete auf eine geistige Antwort von oben, aber kein Zeichen des Himmels war erkennbar. »Komm, sei gnädig und verrat's mir.« Nick berührte die gefalteten Hände der Figur und hoffte auf einen Wink von oben, aber die heilige Statue blieb stumm. *Was ist?* Mit einem Mal zuckte er auf. Das Handy bimmelte vernehmbar in seiner Hosentasche. *Ilse. Was will jetzt die schon wieder?,* dachte er entnervt und drückte auf den grünen Hörer.

»Nick, komm sofort zurück ins Wellnesshotel. Ich hab etwas gefunden, was dich interessieren wird«, tönte sie verheißungsvoll. »Versprochen.«

»Jetzt spann mich nicht so auf die Folter«, forderte er von seiner Frau. »Red schon. Was hast du entdeckt?«

»Ein Millirahmstrudeldesaster.« Sie lachte verschwörerisch und legte ohne Verabschiedung auf.

»Was?« Perplex starrte er den Hörer an. Vielleicht war es doch ein unverhofftes Zeichen.

»Steini, kümmere du dich um ihn. Ich muss los.«

»Wohin fährst du?«, rief ihm Steinreiter nach. »Ich brauch dich noch hier.« Aber Nick antwortete nicht mehr. Überstürzt verließ er den Marktplatz, der sich in einen Ort des Grauens verwandelt hatte. Seine Adern pulsierten. Was ging hier in Dacklrain vor? Jahrelang war seine Heimat ein sicherer Ort für die Bewohner gewesen, und jetzt wurde es von einem kaltblütigen Mörder heimgesucht, der die Ortschaft von einem Tag auf den anderen in eine unheilvolle Stätte verwandelte. Nick ließ die Reifen von Ilses kanariengelbem Smart auf dem Asphalt durchdrehen als säße er in einem Lamborghini, seinem absoluten Traumschlitten, und brauste davon.

4

Die Menschen tragen Geheimnisse in sich, die sich nicht einmal im Traum erahnen lassen

Lexi betrachtete fasziniert den Vogelschwarm, der unterhalb des Hangs über die kahlen Felder flog und sich bei schönstem Januarwetter auf der Erde niederließ. Sie hatte es sich gerade oben auf einer urigen Holzbank vor dem Kräutergarten des Wellnesshofs gemütlich gemacht. Lexi pflückte die letzten Sonnenblumenkerne von ihrer Frühstückssemmel ab und warf sie *ihren* Vögeln vor die Klauen. Allen voran Cäsar, Lexis *Hotelkrähe*, die bei der Fütterung wieder an vorderster Front dabei war und ein tiefes Krächzen von sich gab. Die einzige Krähe, die sich bis auf einen Meter an Lexi herantraute und schon wochenlang in dem ganzjährig angelegten Kräutergarten hungrig umherstreifte. Lexi konnte den Vogel inzwischen gut von den anderen unterscheiden. An der Brust fehlte ihm eine schwarze

Feder. Und auch sonst war er dicker und zahmer als die anderen Krähen. Und um einiges frecher. *Nur die Mutigen sahnen ab.* Anni Feixl hatte ihr schon vor Wochen eine Standpauke wegen ihres neuen *Hobbys* gehalten, weil sie Cäsar und sämtliche anderen Tiere erfolgreich angefüttert hatte. Nicht nur mit Brot, sondern mit allen möglichen Leckereien, die Tag für Tag vom Frühstücksbuffet übrigblieben. Das war gar nicht so wenig, wie man meinen konnte. Die Gäste waren wählerisch und ließen so einiges stehen, auch auf den Tellern. »Die kriegen wir doch nie wieder aus dem Garten los, Alexandra«, hatte sie vorwurfsvoll zu ihr gesagt. »Du verwandelst unseren Außenbereich noch in eine Müllhalde.« Lexi wusste, dass sie es zwischendurch gern mit der Fütterung übertrieb. Manchmal auch maßlos. Sie gab zu, dass der Kräutergarten vereinzelt einer Landschaft aus feinen Essensresten glich, die Lexi wie kleine, mundende Geschenke an die Tiere verteilte. Aber ein schlechtes Gewissen hatte sie nicht. Am Ende war es für einen guten Zweck und die Vögel pickten aus dem Garten ja alles fein säuberlich auf. Ein gellendes Motorengeräusch vertrieb abrupt die Vögel, die plötzlich lautstark über ihren Kopf hinwegzogen. Selbst Cäsar zischte ab und Lexi drehte ihren Kopf zu dem ohrenbetäubenden Lärm. Hinter ihr bremste ein dunkler BMW quietschend ab. Die Scheibe auf der Fahrerseite wurde heruntergelassen und ein Mann starrte sie aus dem Auto heraus an.

»Wie viel?«, fragte er.

»Bitte, was?«, reagierte sie irritiert und wäre am liebsten auf der Stelle umgedreht. »Unverschämtheit«, schimpfte sie.

»Na, komm.« Der Mann lachte laut auf. »Das war nur ein Witz.«

Lexi hasste seine dummen Sprüche, die sie sich schon seit geraumer Zeit anhören musste. Aber irgendwie hatte sie sich daran gewöhnt, was sie selbst erschreckte. Sie stieg unverzüglich in den Wagen ein und zog sich ihren dunklen Bleistiftrock zurecht, den sie im Hotel tragen musste. Glücklicherweise war heute nicht Mittwoch, sonst hätte sie jetzt ihr ausgefallenes, grün-blaues Maxi-Dirndl tragen müssen, wie auch alle anderen Angestellten des Wellnesshofs am hotelinternen *Dirndl-Day*. Und seine Sprüche wären vermutlich derber als ohnehin schon ausgefallen.

»Wonach suchen wir, Herr Zauderer?«, fragte Lexi und drehte sich mit dem Gesicht zu ihrem Fahrer.

»Nach Spuren des Kopfmörders. Und eben alles was du auf dem Acker Nr. 5 findest und was hilfreich sein könnte. Das wäre doch die Chance für dich, als Journalistin aufzusteigen bei so einem kuriosen Fall«, schnaubte er. »Ach ja; hatten wir das *Sie* nicht schon vor zwei Wochen abgelegt, Lexi?« Der Mann legte eine Hand auf ihren mit schwarzer Strumpfhose überzogenen linken Oberschenkel.

Blickdicht, Arschgesicht. Lexi schob seine Hand energisch weg. »Das hatten Sie so entschieden.«

Belästigungen kamen häufiger vor, als man annahm. Vor allem in solchen Berufen, in denen sie Fuß fassen wollte. Und Manfred Zauderer war in ihrem Metier längst bekannt für Anmachen, die Lexi aber weitestgehend geschickt umging. Reporterinnen waren eben reich gesät. Sie wollte auf jeden Fall eine ausgezeichnete Journalistin werden und keine von diesen Klatschtanten.

»Haben Sie vergessen, dass ich vergeben bin?« Lexi hielt demonstrativ ihre rechte Hand in die Höhe, an dem sich ein silberner Ring mit funkelndem Diamantstein geschmeidig um den Finger schlängelte.

»Sieh an. Hat der arme Bullenschlucker sein letztes Geld für dich ausgegeben.«

Lexi rollte mit den Augen. Sie hasste es, wenn sich ihr zweiter Chef abfällig über den Beruf ihres Fast-Gatten äußerte. Als Polizist hatte man immer noch mit Vorurteilen zu kämpfen. *Moment.* Abrupt drehte sie das Autoradio lauter. »Die Landwirtin und Hotelbesitzerin Anni F. hatte den Kopf eingebuddelt auf ihrem Acker gefunden. Sie steht unter Schock und wird derzeit von einem Spezialteam betreut …«

»Ist das nicht deine Hotelchefin?«

Lexi nickte.

»Dann ist sie vermutlich im Arsch …«, kommentierte Zauderer den Radiobericht. »Emotional gesehen.«

»Ach, was. Die ist hart im Nehmen.«

»Und wieso erzählst du ihr dann nichts von deinem Zweitjob, mhhh?«

»Hotellerie und Schnüffelei passen eben nicht so gut zusammen, verstehen Sie? So wie Fisch … und … Tomatensoße. Sie wissen, was ich meine. Das beißt sich.

Und jetzt spionieren wir auf ihrem Acker herum. Wenn das rauskommt …«

»Was du nicht sagst.« Er klemmte eine haselnussbraune Haarsträhne, die ihm in die Stirn gefallen war, zurück hinters Ohr.

Lexi musste an ihre Chefin denken. Insgeheim bewunderte sie Anni Feixl, die ähnlich wie sie zwei Leben führte. Einerseits war sie Landwirtin und arbeitete fleißig auf dem Feld mit, andererseits leitete sie als feingemachte Dame ein angesehenes Wellnesshotel und war Chefin von über zwanzig Mitarbeitern. Diese Aufgaben zu koordinieren war in Lexis Augen eine echte Meisterleistung.

Zauderer hielt plötzlich an. »Was ist das da vorn?«, fragte er und zeigte auf etwas, was vor ihnen auf der Straße lag. »Schaust du mal nach?«

Lexi stieg aus und trat vor das Auto. »Wo soll das sein?«, fragte sie ihn. »Hier ist nichts.« Die Landstraße vor ihnen war komplett frei. Nur neben der Fahrbahn stach Lexi etwas ins Auge. »Meinen Sie das hier?« Mit drei Fingern hob sie eine verdreckte Hundeleine mit Geschirr auf. »Denken Sie, das ist wichtig für unsere Nachforschungen?«, fragte sie und wedelte mit dem Teil vor der Windschutzscheibe herum.

»Ich weiß nur eins: Du bist reingefallen. Selbst schuld, wenn du dich verarschen lässt.« Zauderer lachte laut aus dem geöffneten Fenster. »Mal sehen, ob du auch hart im Nehmen bist. Zeig, was du kannst.« Er ließ die Reifen durchdrehen und zischte ohne Vorwarnung ab.

»Scheiße, so ein Arsch«, fluchte Lexi. Zauderer hatte zwar schon öfters Scherze getrieben, aber so weit wie jetzt war er bei ihr noch nie gegangen. Das war eindeutig die Obergrenze, die er mit einem wuchtigen Tritt aufs Gaspedal durchbrochen hatte.

Nein, es war die Höhe!

Er hatte sie eiskalt stehen lassen. Ausgesetzt wie ein frisch geschlüpftes, hilfloses Küken mitten in der bayerischen Wildnis.

»Na, warte. Wenn ich dich in die Finger kriege.« Sie zog den Reißverschluss ihrer weißen Wintersteppjacke bis oben zu, auch wenn die Temperaturen für Januar mild waren. Doch frieren war etwas, dass sie oft tat. Ein *Kaltblüter*, wie sie sich selbst bezeichnete. Kalt bleiben fiel ihr zudem nicht schwer, wenn ihr etwas ungeheuer stank oder in ihr der pure Hass aufstieg. Ein gewaltiger Groll, wie sie ihn in diesem Augenblick in sich spürte. Lexi zog ihr Handy aus der Jackentasche und sah auf das Display. *Kein Netz,* dachte sie. *Schöner Mist! Jetzt hätte ich Justus anrufen können.*

Sie lief einen schmalen Waldweg entlang, der von üppigen Fichtenbäumen gesäumt war. An einem Baum war ein Schild mit der Bezeichnung *Naturschutzgebiet Grauwald* angebracht, der die entsprechende Grenze markierte. Den Namen kannte sie als Ortskundige. Der Grauwald war zu einem beliebten Ausflugsziel für Einheimische und Touristen avanciert, seitdem er aufgeforstet wurde und für Ausflügler schöne, romantische Wanderwege bot. War sie nicht selbst mal an einem heißen Sommertag mit Justus hier gewesen? Die Gegend war ihr demnach nicht unbekannt, selbst wenn sie nicht wusste, an welcher Stelle sie genau war. Wäre es nicht mitten am helllichten Tag gewesen, hätte sie die mentale Panik nahezu überflutet und innerlich aufgefressen. Nicht einmal ihr mobiles Navi funktionierte. Wozu hatte man die Dinger, wenn sie einen im Stich ließen? Sie hetzte weiter durch den Wald und nahm undefinierbare Geräusche wahr. *Was war das?* Lexi blieb stehen und hielt inne. Laute, die in ihren Kopf sickerten und sich verfestigten.

Aus dem Nichts tauchte ein alter, weißbärtiger Mann auf, der an ihr vorbeilief und laut durch den Wald pfiff. »Wuffi, wo bist du? Wuffiiiii!«, schrie er verzweifelt. »Haben Sie meinen Hund gesehen?«, fragte er plötzlich Lexi und ging auf sie zu. »Etwa so groß, ein bildschöner Labrador.« Der Mann holte ein Foto aus seiner Jackentasche hervor und zeigte darauf. »Er ist seit gestern verschwunden.«

Lexi schielte auf das Bild. »Nein, sorry. Ist er Ihnen entwischt?«

»Nein, nein. Der läuft nicht einfach so weg. Bestimmt hat ihn jemand geklaut, als ich ihn angebunden habe«, sagte der Mann aufgewühlt. »So einen Prachthund wollen viele.«

»Angebunden?«, fragte Lexi nach. »Wo denn?«

»An einem Zaunpfeiler gestern, ganz in der Nähe von hier. Nur für ein paar Minuten. Als ich zurückkam, war er weg.«

»Hmmm. Komisch«, sagte Lexi und rieb sich die Stirn. »Fast hätte ich es vergessen. Da liegt eine herrenlose Leine am Waldrand.« Sie zeigte in die Richtung. »Vielleicht ist das die Ihres Hundes? Ich muss jetzt aber gehen«, stammelte Lexi und entfernte sich mit schnellen Schritten. Ihr war der Typ unheimlich, auch wenn er nett zu sein schien. Die Pfeiftöne des Mannes setzten erneut ein, als er die Suche wieder aufnahm. Lexi beunruhigten die Töne. Sie verfolgten sie regelrecht, obwohl sie immer schwächer wurden, je länger sie auf dem Pfad davonlief. Aber da war noch etwas anderes. Ungewöhnliche Geräusche, die sie im Kopf registrierte und die sie beunruhigten. Qualvolle Laute. *Woher kommt das?* Lexis Herz klopfte bis zum Hals. Sie folgte den Tönen und huschte in das Gehölz hinein, das mit herunterhängenden Ästen und Holzstämmen am Boden gesäumt war. Vor ihr setzte ein schrilles Warnpfeifen ein und ließ sie aufschrecken. Direkt vor ihren Augen huschte ein Alpenmurmeltier zurück in seinen Bau. Offenbar war das Mankei, wie man es gern in Bayern nennt, durch die milden Sonnenstrahlen vorzeitig aus seinem Winterschlaf gelockt worden. Die Nager hatte man im Grauwald erfolgreich angesiedelt, zumal Dacklrain durch die Höhenlage einen optimalen Lebensraum für die putzigen Hörnchen bot.

Sie schlich weiter in den Wald hinein und entdeckte abgeschieden eine kleine, zusammengeschusterte Holzhütte, in der Licht flackerte. Kühles, dumpfes Licht. Lexi schlich misstrauisch zum Fenster und stellte sich auf Zehenspitzen, um etwas durch die milchigen Scheiben zu erkennen. Sie kniff die Augen zusammen.

Die Guten und die Bösen.

Ein nicht zu übersehender Leitspruch in schwarzer Handschrift stand über den Türrahmen geschrieben und stach Lexi ins Auge. Von ihrer Position aus konnte sie den Rest nicht einsehen.

»Auaaaa, Auaaaa«, winselte eine Frau vor sich hin. Plötzliche Schreie, die direkt aus der Hütte drangen, erreichten Lexis Ohren. Kreischende, folternde Hilfeschreie.

Oh Gott, fuhr sie zusammen. *Die schreit ja wie am Spieß.*

Sollte sie die Polizei verständigen? Oder hatte sie das Gekreische nur falsch verstanden? Ihre Augen erhaschten eine dunkle Gestalt, die an irgendetwas herumfuhrwerkte. Die Erscheinung stand auf und schlenderte seelenruhig durch die Hütte, blieb plötzlich mit dem Gesicht zu ihr stehen.

Scheiße.

Lexi senkte den Kopf und hielt die Luft an. Hatte er sie gesehen? Den Rest ihres Haarschopfs? Mit gesenktem Kopf trat sie einen Schritt zurück. Ein lautes Knacken ließ sie hochschrecken, als sie ungeschickt auf einen herumliegenden Ast gestiegen war. Sie verzog das Gesicht, als hätte sie in etwas Saures gebissen.

»Hilfeee, auaaa«, schrie wieder diese gequälte Frauenstimme. So als würde man sie geradezu aufschlitzen. Lexis Herz raste und sie lauschte erneut. Das Geräusch kam aus den Holzwänden. Direkt vor ihrer Nase.

Ein Horrorsound.

Ihr stellten sich die Nackenhärchen auf. Sie hatte sich nicht getäuscht.

»Niemand wird dich retten. Jetzt gehörst du mir allein«, hörte Lexi einen Mann sagen. »Ich mach dich alle.« Ihr Kopf lief rot an vor Aufregung. Was sollte sie jetzt tun? Sie horchte weiter zu, aber dann war es schlagartig still in der Hütte. Die Hilferufe erstarben. Hatte der Mann die Frau umgebracht? War sie Zeugin eines Mordes geworden und hatte tatenlos zugehört?

Lexi linste durchs Fenster. Die Gestalt war nicht mehr zu sehen, anscheinend unbemerkt in den Wald geflüchtet.

Jetzt sah sie nicht mehr durch das trübe Glasfenster, sondern auf die gespiegelten Scheiben. Sie erkannte die Umrisse eines dunklen Schattens, der aus dem Nichts hinter Lexi aufgetaucht war und ihr den Mund zudrückte.

»Wehe, wenn du schreist«, flüsterte die Stimme direkt hinter ihr. Lexi durchfuhr ein grässlicher Schauer.

Sie verharrte in Schockstarre. In lähmender Todesangst.

Lexi roch das bittere Ende. Den Todeshauch, der sie wie Nebel einhüllte.

Sekunde.

Der Klang des Mannes flackerte in kurzen Sequenzen wieder in ihr auf. Die Stimme kam Lexi vertraut vor. Zu vertraut.

»Pssst. Ich bin es doch bloß.«

Sie drehte sich verdutzt zu der Person um. »Lexi, du Schnüfflerin.« Zauderer stand direkt hinter ihr und sah sie auffordernd an.

»Sind Sie wahnsinnig?«, keuchte Lexi. »Wie können Sie mich so erschrecken?«

»Nur ein kleiner Spaß am Rande.«

Saftarsch.

»Was machen Sie überhaupt hier?«

»Die Frage ist doch, was treibst du hier? Ich bin umgedreht und dir gefolgt, weil du mir leidgetan hast. Kann dich doch nicht aussetzen, so allein in der Einöde. Es sind gefährliche Zeiten angebrochen.«

»Sind ja völlig neue Töne«, flüsterte Lexi.

»Was gibt's da drin?«

»Haben Sie das eben gehört? Diese schreienden Hilferufe?«

Lexi deutete auf das Fenster.

»Wovon redest du?«

Die beiden hielten inne. Aber die Stimmen waren verstummt.

»Ich schwöre, dass ich etwas gehört habe.«

»Zu viel Fantasie«, beschwichtigte Zauderer sie.

Die Holztür der Hütte schlug auf und ein Mann stapfte heraus. Lexi duckte sich und zog Zauderer mit zu sich ins Gestrüpp.

»Du gehst aber ganz schön ran.«

»Psssst«, ermahnte sie ihn. Sie beobachteten den Kerl, der, ihnen den Rücken zugekehrt, von der Hütte aus eine Regentonne vor die Tür schob. Er hob den Deckel der Tonne und inspizierte das Innere.

»Was sucht der da?«, flüsterte Zauderer.

Der Mann hob den Kopf und sah in das Waldstück.

In jene Richtung, wo sich Lexi und Zauderer im Dickicht zusammenkauerten.

»Seien Sie still«, knurrte Lexi leise.

Der Mann lauschte weiter und sah sich im Wald um. Erst nach Minuten beugte er sich wieder zur Tonne hinunter und kontrollierte scheinbar den Inhalt.

Bssssssss. Bsssssss.

»Aua.« Lexi schlug wie eine Furie um sich.

»Was ist?«

»Irgendetwas hat mich gestochen«, wisperte sie.

»Reg dich ab. Wir haben Winter, Lexi.«

»Ja, ich weiß. Aber sehen Sie?« Lexi zog den Reißverschluss nach unten und wickelte einen schmalen Wollschal von ihrem Hals. Sie spürte förmlich, wie der Stich auf ihrer Haut anschwoll.

»Du spinnst«, sagte er und schielte auf die Stelle. »Wahrscheinlich hast du irgendeine Allergie. Weiß der Teufel, was das ist.«

»Nein, nein. Irgendein Insekt muss eben unter meinen Schal gekrochen sein und hat zugestochen.« Lexi tastete die Erhebung mit den Fingern ab und sah wieder nach vorn.

Der Mann summte zufrieden vor sich hin. Er kehrte zur Eingangstür zurück und verschwand in der Hütte, ohne sein Gesicht preiszugeben.

»Wir sollten verschwinden.« Zauderer zog sie ungeduldig an der Jacke. Aber Lexi bewegte sich keinen Millimeter, gefangen in ihrer Entscheidungskraft. *Neugierde oder Angst? Schnüffeln oder Abhauen?* Während ihre Beine sich allmählich in Bewegung setzten, hing ihr Geist fest. An der Tonne, die sie plötzlich unerklärlich anzog.

»Verflucht, wo läufst du hin?«, knurrte Zauderer in leisem Ton.

Lexi sprintete ohne nachzudenken zur Regentonne und klappte sie auf. *Gähnende Leere,* dachte sie enttäuscht und drückte auf die Taschenlampe ihres Smartphones. *Na, toll.* Lexi hätte sich mehr davon erwartet als einen großen luftleeren Raum. Nahezu blind knipste sie in den schwarzen Behälter hinein. Vielleicht war ihr auf die Schnelle etwas entgangen? Sie schloss den Deckel und stürmte in Windeseile durch das Waldstück davon. Kurz darauf stellte sie fest, dass sie in eine völlig andere Richtung als Zauderer gelaufen war und sich endgültig verirrt hatte.

So ein Mist. Lexi blieb stehen und keuchte erregt. Nach gefühlten drei Kilometern Dauerlauf und heftigem Seitenstechen sah sie auf ihr Display. Kein Funkloch mehr. Und bisher kein einziger Anrufversuch von Zauderer. Dafür fünf entgangene Anrufe von jemand anderem. *Justus.* Schnell rief sie zurück. Wenn er eines nicht leiden konnte, dann war es, wenn Lexi nicht erreichbar war.

»Wo treibst du dich herum, Hasenzahn?« Anders als sonst reagierte er aufgebracht, trotz liebevollen Namens. So nannte er Lexi gern aufgrund ihrer zwei breiten, oberen Vorderzähne, die eine kleine Zahnlücke aufwiesen. Den Kosenamen hörte sie oft am Telefon, denn es war keine Seltenheit, dass sie fünfmal am Tag zwischen seinen Schichtpausen telefonierten, und auch sonst, wenn er wie jetzt im Dienstwagen heimfuhr.

»Ich … bin im Grauwald.« Lexi schnappte nach Luft. Sie blieb diesmal lieber bei der Wahrheit, selbst wenn es ihr schwerfiel. So oft schon hatte sie ihn im Laufe ihrer Beziehung angeflunkert. Aber nur, um sie als Paar zu schützen und ihn in seinem Job. Und manchmal, um ihren Arsch vor unangenehmen Fragen eines Polizisten zu retten. Lexi konnte die *notorischen Notlügen*, die inzwischen wie eine Sucht für sie geworden waren, weitestgehend mit ihrem Gewissen vereinbaren. Spätestens aber, wenn sie in Rente war, wollte sie damit aufhören. *Kalter Entzug.*

»Was machst du da?«, fragte er verwundert.

»Nichts, gar nichts«, flunkerte Lexi. »Wem gehört diese Hütte da mittendrin?«

»Also machst du doch was«, sagte Justus. »Von welcher Hütte redest du?«

»Eine Art Schutzhütte, über die ich durch Zufall gestolpert bin. Könnte sein, dass ich dort etwas entdeckt habe.«

»Was heißt das wieder? Für einen neuen Artikel?«

»Ach, vergiss es.« Es war sinnlos, ihm von ihren Beobachtungen zu erzählen.

»Pass bloß auf dich auf. Keine Dummheiten«, ermahnte er sie.

»Du kennst mich doch.«

»Genau deswegen. Deine Neugierde bringt dich eines Tages um. Ich hab keine Lust, dich nochmals aus der

Patsche zu holen. Erinnerst du dich an das Ereignis vor ein paar Monaten?«

»Welches meinst du?«

»Das weißt du nicht mehr? Kein Wunder bei deinen gewagten Ausflügen in letzter Zeit«, sagte er. »Das, wo dir der Zauderer einen Floh ins Ohr gesetzt hat und du wegen angeblichen Beweismaterials bei dem offenen Fenster eines Spinners eingestiegen bist. Du wärst um ein Haar für den verdammten Artikel draufgegangen, als er auf dich losgegangen ist.«

»Ach, das meinst du.« Lexi rollte mit den Augen. Sie wusste genau, worauf Justus anspielte, hatte aber gehofft, dass er dieses Ereignis längst vergessen hatte. Oder zumindest erfolgreich verdrängt.

»Nur, weil der saublöde Zauderer dir im Nacken sitzt und alles aus dir rauspressen will. Soll er selbst seine halsbrecherischen Artikel schreiben.«

»Keine Sorge, so etwas wird nicht mehr passieren. Nicht im neuen Jahr.«

»Wieso glaub ich dir das nicht? Du hast mitbekommen, dass ein Mörder frei bei uns herumläuft, oder? Einer, der Leute abschlachtet.«

»Ja, ich weiß.«

»Dann pass bloß auf, dass du nicht selbst bald massakriert wirst, so gefährlich wie du lebst. Kennst du die Geschichte, als vor etwa fünf Jahren eine Frau im Grauwald verschwunden ist?«

»Was? Nein. Davon weiß ich nix.«

»Sei froh. Besser, du weißt nicht alles«, schnaubte Justus.

»Kann es sein, dass du mich nur mit einer Horrorgeschichte verunsichern willst?«

»Lexi, bitte! Verstehst du denn nicht, warum es zu gefährlich draußen für dich ist?«

»Und selbst wenn, das ist lange her.«

»So etwas kann sich auch heute oder morgen plötzlich wiederholen …«

»Übertreib bitte nicht. Nur Angstmacherei. Ich kann ganz gut auf mich selbst aufpassen.«

»Du könntest, aber du machst es nicht«, sagte Justus. »Warum kannst du nicht *nur* im Wellnesshof Feixl arbeiten? Ist doch aufregend genug so als Frau?«

Lexi wurde den Eindruck nicht los, dass er sie um jeden Preis von ihren Nachforschungen abhalten wollte und sich allmählich die Storys aus den Fingern saugte. Genauso wie sie wusste, dass Justus dauereifersüchtig auf ihren Chef war. Das war auch ein triftiger Grund für ihn, ihr den Job auszureden. »Justus … das Thema hatten wir schon so oft. Aber ich halte mich zurück. Versprochen.«

»Na gut«, erwiderte er. »*Club Sechs Stäbe.* Sagt dir der etwas?«

»Club Sechs Stäbe?«, überlegte Lexi. Ihr Handy meldete den Eingang eines Fotos. »Den kenn ich nicht. Wieso fragst du?«

»Bei dem kopflosen Bauchdrexler sind wir auf so eine Einlasskarte gestoßen. Hätte ja sein können, du als aufsteigende Journalistin …«, neckte er sie in wieder liebevollerem Ton.

»Komisch. Von diesem Club habe ich noch nie gehört«, sagte Lexi. »Und ich bekomme das ziemlich schnell mit, sobald ein neuer Club eröffnet wird.«

»Das denk ich mir, aber macht ja nichts. Wo genau bist du jetzt, Hasenzahn?«

»An einer Waldlichtung. Moment.« Sie schickte ihm den Standpunkt durch.

»Bleib, wo du bist. Ich hol dich gleich ab. Sicher ist sicher.«

»Okay. Ich warte.«

Sie blieb auf der Stelle stehen und blies ihre angestaute Aufregung aus. Nur ein paar Minuten dauerte es, bis der Polizeiwagen hinter ihr auftauchte und Justus sie dort aufgabelte.

»Na, los. Steig ein«, murmelte er durch das geöffnete Beifahrerfenster. »Nichts als Flausen im Kopf. Wo soll das noch hinführen mit dir?« Lexi sah, wie Justus mit den Augen rollte und schloss daraus, dass seine Laune noch immer nicht die beste war. Kein Wunder, da er sie wieder einmal aus einer prekären Situation rettete.

Lexi nahm Platz und bemerkte sein zerknirschtes Gesicht. »Tut mir echt leid«, nuschelte sie und presste die Lippen aufeinander. Aber Justus blieb stumm. »Warum sagst du jetzt nichts mehr?«, fragte sie, aber er sah sie nur an.

Lexi konnte förmlich seine ratternden Gedanken lesen. So, als hätte er eben alle Ereignisse, die Lexi je verbrochen hatte, im Schnelldurchlauf abgespult. Sie wünschte sich, dass er sie bei der Fahrt hierher nicht als hoffnungslosen Fall in ihrer dicken Beziehungsakte abgestempelt und das Konvolut geschlossen hatte. Noch nicht. Im Geiste sah sie schon, wie Justus die Akte im hintersten Winkel des Schrankregals abstellte und dort für immer verstauben ließ. Lexi schluckte ihre grauenhaften Gedanken hinunter, ehe ihr mordsmäßig schlecht wurde und Justus aufs Gaspedal drückte.

5

Gelüste musst du im Keim ersticken,
sonst gedeihen sie in dir

»Ja, gibt's des.« Lieselotte las mit großen Augen den Brief, den sie Sonntagfrüh aus ihrem Briefkasten gefischt hatte. Sie hatte es glatt verschwitzt, gestern nach ihrer Post zu schauen. Ein Ereignis, das etwa so selten war wie eine Sonnenfinsternis. »Dass ich des noch erleben darf! Zeit wird's nach über 25 Jahr mit lauter Nieten.« Sie hielt das Schreiben wie eine Trophäe in der Hand und schielte auf das Datum. »Ui. Des is ja scho heute?« Ein lautes Klingeln schrillte durch den Hausflur und ließ sie aufhorchen. Sie stand mit einem Satz auf und lief zu ihrem altbackenen Haustelefon, das seit über dreißig Jahren seinen Dienst leistete. Genau wie ihre alten Beine, auf denen sie bis heute zügig unterwegs war.

»Hier Birnbaum, wer dort?«, rief sie mit strenger Stimme durch den Apparat.

»Oma, jetzt spinn doch nicht. Ich bin's, der Maxl.«

»Ja, und? Was gibt's?«

»Was bist denn so aufgedreht?«, fragte Maxl nach.

»Gewonnen hab ich. Da schaust, ge?«

»Gewonnen? Lass mich raten. Ein Küchengerät?«, scherzte er.

»Urlaub auf dem Bauernhof.«

»Ge, dass ich nicht lach. Den hast doch schon dein ganzes Leben.«

»Wellnessurlaub auf dem Bauernhof«, ergänzte Lieselotte energisch. »Wellness, verstehst? Genau des brauch ich. Lieber spät als gar nie«, tönte sie. »Und später geht's scho los.«

»Jetzt spinnst aber komplett. Und was ist mit deinen Hühnern und den Eiern?«, fragte ihr Enkel Maximilian. Er selbst führte nur wenige Kilometer von Lieselotte entfernt einen eigenen gut laufenden Bio-Gemüseladen. Maximilian war der jüngste ihrer drei Enkel und derzeit der einzige Verwandte in der Familie, der sie fast täglich anrief, sich mehr als der Rest der Bande um sie kümmerte.

Ein Erbschleicher in spe?

»Wieso? Im Winter hab ich Zeit für Wellness. Da machen d'Henna Winterpause«, erklärte Lieselotte. »Zumindest meine legefaulen Damen. Die sind scho alt und zäh.« Sie hatte sich erst vor knapp zwei Jahren eigene Küken zugelegt und spielte darauf an, ihr Geflügel im Hinblick auf das *hohe* Alter der Tiere als Suppenhühner auszusortieren. Aber Lieselotte war dazu nicht in der Lage gewesen, und schon gar nicht dazu, das Federvieh selbst abzumurksen.

»Die Waltraut und die Schicksi nimmt mir keiner, damit das klar ist. Die bleiben bis zum bitteren Ende bei deinem Gockel im Stall. Wehe, wenn die bei meinem nächsten Besuch nicht mehr da sind.« Maxls aggressiver Tonfall war für Lieselotte nicht zu überhören. Sie wusste, dass Maxl das nicht abhaben konnte, und ärgerte ihn gern damit. Auch wenn sie genau wusste, dass sie nur bluffte. Der Hang zur Tierliebe musste in der Familie liegen, denn auch bei den anderen Mitgliedern wurde das Thema seit jeher großgeschrieben.

»Mei, des wird toll«, schwärmte sie und schwenkte wieder um.

Lieselotte dachte an die vielen Moorbäder und Schönheitsbehandlungen, die ihren alten Körper wieder auf Vordermann bringen würden. Ein paar Restaurierungsarbeiten könnten ihr als inzwischen 87-Jähriger sicher nicht schaden. Im günstigsten Fall brächte es ja eine optische Verjüngungskur um zehn Jahre mit sich, die sie sich beim anschließenden Dating zunutze machen konnte. Letztendlich war es für ein neues *Gspusi* nie zu spät.

»Wennst meinst, Oma«, klang Maxl alles andere als begeistert. »Wo genau musst denn hin?«

»In den Wellnesshof Feixl in Dacklrain. Schee, ge? Der wurde sogar prämiert als bestes Entspannungshotel in Bayern«, piepste sie aufgeregt. »Mei nachträgliches Weihnachtsgeschenk.«

»Einem geschenkten Gaul schaut man nicht ins Maul, des weißt doch hoffentlich, ge?«, entgegnete Maxl. »Wie kommst denn überhaupt da hin?«

»Wieso? Ich komm überall noch hin, wenn ich will.« Lieselotte dachte an ihr altes, ruckeliges Dieselauto, das sie liebevoll ihr *Oma-Mobil* nannte. Ein Simca, den sie schon seit zwanzig Jahren in der Garage geparkt hatte und der immer noch ansprang.

»Bist du sicher, dass du dort hinwillst? Passiert dir bloß was«, klang Maxl besorgt. »Bleib in deinem Alter lieber daheim in den vier Wänden. Du siehst doch nimmer gut.«

»Ge, Schmarrnbeppi. Mindestens noch genauso gut wie du.«

»Und was ist mit meinem versprochenen Millirahmstrudel am Freitag? Du hast den noch nie ausfallen lassen.«

»Ja, du Schleckermaul. Den kriegst scho wieder.« Die verfressene Art hatte er eindeutig von der Familie geerbt. »Außerdem schadets dir überhaupt nicht, wennst mal pausierst. Bist doch eh so gut beinander.« Lieselotte dachte an seine stattlichen 100 Kilo, die der Maxl inzwischen wog.

»Warum musst denn unbedingt fahren? Vor deinem Fernseher hast du's doch auch saugemütlich.«

»Jetz glaub ich's aber. Du wirst es eine Woche ohne mich aushalten.«

»Du kannst doch nicht alles stehen und liegen lassen«, seufzte Maxl. »Oma, du bist so eine Sture.«

»Und ob ich des kann«, sagte sie. »So, ich muss weitermachen. Also pfiat di.«

Lieselotte überging seine letzte Anmerkung, schmiss den Hörer in die Gabel und lief zu ihrem dunkelbraunen, rustikalen Holzschrank. Sie ließ sich von nichts und niemanden aufhalten. Jetzt, da sie mal etwas gewonnen hatte. Voller Vorfreude packte sie ihren Krempel zusammen. In ihre heruntergekommene, beigefarbene Reisetasche wanderten unter anderem ein pinkfarbener Badeanzug von 1960, eine azurblaue Badehaube, überzogen mit weißem Blümchenmuster, und ein flatteriger Bademantel in ausgewaschenem Roséton, der nach ihrem süßlich modrigen Waschpulver roch, das sie schon seit zwanzig Jahren in ihrem Keller bunkerte und durchgängig benutzte. Ihr Kellerraum gab einiges her, so wie haufenweise Klopapierrollen, die aus früheren Zeiten dort lagerten. Die hatte einst ihr Ehemann nach und nach aus seiner damaligen Arbeit als Staubsaugervertreter mitgehen lassen. Der Ramsch im Keller würde ihr auch in den nächsten zwanzig Jahren nicht ausgehen. *Der Maxl kann's scho brauchen. Sowieso der Einzige, der sich grad was scheißt um mich.* Sie spielte mit dem Gedanken, ihm das kostbare Erbe des Kellers nach ihrem Ableben zu überlassen. Dann widmete sie sich wieder ihrer bevorstehenden Abfahrt und packte die letzten Sachen in ihre abgewirtschaftete Tasche. »So, Liesl, auf geht's.« Sie zog voller Tatendrang den Reißverschluss zu, watschelte mit ihrem Gepäck aus der Tür und schmiss den Wagen an.

Das Bio- und Wellnesshotel stand auf einer grün angepflanzten Erhebung, die man über eine geteerte, schmale Straße mit dem Auto hochfahren konnte. So wie es jetzt Lieselotte in ihrem erdbeerroten *Oma-Mobil* anstellte – oder es zumindest mit ordentlich Dampf unter den Reifen versuchte. »Herrschaft. Geht's halt auf d' Seiten«, schimpfte sie. Ruckartig gab sie den Berg hinauf Gas und rammte zwei eingepflanzte junge Apfelbäumchen, die sie schwungvoll aus dem Weg räumte und mit ihrer Vorderachse entwurzelte. »Na ja, was soll's?«, bemerkte sie spitz und parkte mit Schwung in der vordersten Reihe bei dem angebrachten Hinweisschild *Für Gäste* ein.

»Ja, da schau her.« Bei ihrer Ankunft staunte Lieselotte nicht schlecht und stemmte die Hände in die Hüften. Es war genau so, wie sie sich solche Schönheitseinrichtungen immer vorgestellt hatte. Ein protziges in Hellblau und Weiß gestrichenes Haus, das mit Verzierungen geschmückt war. Offensichtlich angelehnt an die bayerischen Himmelsfarben weiß-blau. Und nicht zu übersehen, die prächtigen, in einem satten Braunton lackierten Holzbalkone, die mit funkelnden Lichterketten dekoriert waren. Seitlich am unteren Balkon hingen ein bunter, präparierter Pfau und ein altes, grün angestrichenes Wagenrad. Sogar einen sprudelnden Trinkbrunnen gab es, in dem ein paar Minzblätter schwammen und aus dem die Gäste vor der Tür frisches Wellnesswasser zapfen konnten. *Gratis.*

Ihre Augen leuchteten. Das ließ sie sich nicht zweimal sagen und bediente sich. »Kann ma saufen«, kommentierte sie und sah mit Pappbecher in der Hand auf ein kleines schwarzes Tor, das mit einem Dekoraben in der Mitte versehen war. Sie schielte hindurch und entdeckte einen stillgelegten Teich sowie einen angrenzenden, weitläufigen Kräutergarten, durch den die Besucher spazieren gehen konnten.

Nur die auf dem Hof danebenliegende marode Krauthalle passte nicht so recht ins Bild. Und man hörte sie vor allem durch laute Geräusche des Förderbands.

Kraut macht rosige Haut.

Dieser Spruch stand in der Mitte eines geflochtenen, vor der Hoteleingangstür aufgehängten Kranzes in Herzform.

Jawoll. Dann kann ja nix schiefgehen. Lieselotte rieb sich freudig die Hände und stakste in die glitzernde Hotellobby hinein, in der ein paar goldene Weihnachtssterne von der Decke baumelten. Statt eines freundlichen *Hallos* kramte sie einen mehrfach gefalteten Zettel aus ihrer pfirsichfarbenen Rüschenbluse und legte ihn auf den Tresen. »Gewonnen hab ich«, rief Lieselotte. »Da schauens, ge?«

»Schön, dass Sie gut angekommen sind, Frau Birnbaum. Ich darf Sie herzlich in unserem Hause begrüßen. Einen Willkommensgruß für Sie?«

»Was ham's denn da, junge Dame?«, fragte sie interessiert und beugte sich zu ihr vor. Während Lieselotte auf eine Antwort wartete, schielte sie auf das weiß unterlegte Namensschild und las vor: »Alexandra Bäumel.«

»Den *Roten Traum.* Ein leckerer Himbeercocktail mit Sahne aus unserer Hotelbar nebenan.«

»Nehm ich. Kost ja nix.«

»Dann machen Sie es sich doch bequem? Ich bring Ihnen den Cocktail gleich rüber«, sagte sie. »Und bitte nennen Sie mich nur Lexi. So wie die meisten Gäste hier.«

Lieselotte ließ sich wie ein Kartoffelsack auf das weiche olivgrüne Ecksofa in der aufgebauten Wohnlandschaft neben der Rezeption plumpsen. An der Wand vor ihr flackerte Feuer aus einem mit Steinoptik umrahmten Elektro-Kamin und trug zum Bauernhaus-Wohlfühlambiente bei. Hätte nur noch ein XXL-Bildschirm mit ihrer Lieblingssoap, einer täglich ausgestrahlten Dating-Show, vor der Nase gefehlt und die Käseknabberstangen, mit denen sie ihren TV-Abend einleitete. Und voilà. Schon hätte sie sich wie in einem *echten* Wohnzimmer gefühlt. Wären da nicht die anderen Hotelgäste gewesen, die durch ihr Blickfeld trampelten und sich auf den anderen Sitzmöglichkeiten rings um sie niedersacken ließen. Lexi kam angelaufen und setzte ihr das mit einem leuchtend roten Schirmchen, einer Limettenscheibe und zwei Minzzweigen garnierte Gesöff direkt vor die Nase. Auslassen wollte sie letztendlich nichts in ihrem ersten geschenkten Urlaub.

»Dann schau ma mal.« Lieselotte nahm das Glas, kippte das Wodkagemisch in einem Zug hinunter, als sei es Leitungswasser und schüttelte dabei den Kopf.

»Na, Sie haben einen Zug drauf«, sagte Lexi sichtlich erstaunt. »Hat es Ihnen geschmeckt?«

»Basst scho für den Anfang«, sagte sie und rülpste laut. Lieselotte stach ein Mann ins Auge, der links von ihr auf der dunkelbraunen Ledercouch saß und in die Luft starrte. Genauer gesagt an die Hoteldecke, die mit ländlichen Freskenmalereien geschmückt war und in die die Betrachter geistig versinken konnten. Flüchtig in eine andere, heile Welt. »Was is des für ein Hanswurst?«, fragte sie Lexi.

»Ein anderer Gast. Ich nenne ihn den Hutmann«, antwortete diese und verschwand wieder hinter der Rezeption, da das Telefon bimmelte.

Lieselotte verzog ihre Lippen und sah schaulustig hinüber. Sie beäugte die zwei übereinandergestapelten schwarzen Hüte, wovon der oberste einige kleine Löcher hatte und versuchsweise zugenäht worden war. *Ha, Lochfraß,* bemerkte Lieselotte spitz. Der Mann klappte spaltbreit einen Aktenkoffer auf, sah hinein und ließ ihn wieder zufallen. »Ts, ts, ts.« Lieselotte schüttelte den Kopf über das seltsame Verhalten des Mannes und gaffte ihn weiter an.

Der Hutmann sah direkt zu Lieselotte hinüber und nahm sie ins Visier. »Sie scheinen eine recht Neugierige zu sein, was?« Er stand auf und wanderte zu ihrer Sitzecke hinüber. »Wissen Sie, was da drin ist?« Er klopfte angeberisch auf seinen Koffer. »Etwas sehr Nützliches. Aber das wirst du alte Nudel nie erfahren. Äääääätsch.« Er streckte ihr die weißlich belegte, breite Zunge raus und schnitt eine saftige Grimasse. Dann verließ er die Lobby auf schnellen Schritten.

»Hams des gesehen?«, fragte sie Lexi, die weiterhin versuchte, sich auf das Telefonat zu konzentrieren. »So ein Damischer, ha? Im Urlaub muss ma sich a noch derblecken lassen«, beschwerte sie sich lautstark. »Soweit kommts, dass ich mir von dem Deppen meine Erholung ruinieren lass.« Sie stand auf und watschelte aufgebracht zum gegenüberliegenden Eingang des mit gläserner Wand verzierten Frühstückssaals, um sich nach dem seelischen Angriff mental zu stärken.

Unser Sonntagsspecial: Hausgemachter Millirahmstrudel mit feinster Bourbon-Vanillesoße. So hatte man das Dessert unübersehbar mit Kreide auf einem Schild vor dem Frühstücksraum geschrieben. Jene Nachspeise, für die das Hotel mit einem Macuriss-Stern prämiert worden war. Lieselotte lief das Wasser im Mund zusammen. Sie hörte, wie ihr Magen lautstark gluckste und sich beschwerte, dass sie nüchtern angereist war. *Zeit wird's für den Strudelcheck.* Lieselotte rieb sich hungrig den Bauch und klappte die durchsichtige Tür auf, hinter der sie die auf silbernen Türmchen angerichteten, süßen Versuchungen schon von Weitem erahnen konnte. Nur noch eine Gehminute war sie von ihrer göttlichen Nachspeise entfernt …

Währenddessen wütete der *süße Hans* wie ein kleiner Sturm am Buffet. Lexi hieß es nicht gut, dass er sich fast jeden Morgen neben den anderen Hotelgästen durch das liebevoll aufgebaute Essen aus Kuchenstücken, Desserts und fein angerichteten Fingerhäppchen wühlte und wie ein hungriges Tier durchfraß. Aber was sollte sie schon dagegen sagen, wenn er der Sohn der Hotelbesitzerin war? *Ach, nicht doch.* Lexi verkniff angewidert die

Augen. Eben hatte sich Hans wieder mal mit den bloßen Fingern an ein paar losen Kuchenstücken bedient, die er direkt an Ort und Stelle verdrückte, manierlos die restlichen Brösel vom Blech zusammenkratzte und auffallend in den Mund streute.

»Igitt.« Ein angewiderter Schrei jagte von einem der vorderen Tische durch den hell erstrahlten Frühstücksraum. Hatte sich eben jemand über Hans' abstoßendes Essverhalten aufgeregt? Lexi hob suchend den Kopf in die Richtung, aus der das Geschreie kam.

Kira Pfauenstiehl stand auf und stolzierte mit versteinerter Miene zu Lexi. »Ist das Ihr Ernst?«, fragte sie und deutete auf den Millirahmstrudel, von dem sie ein Mini-Stückchen gegessen hatte.

»Was ist damit?«, fragte Lexi.

»Ich finde, ich kann im Urlaub etwas anderes erwarten!«, schimpfte die Pfauenstiehl und zeigte mit ihrem dunkellila lackierten Fingernagel auf das schwarz-weiß gestreifte Tier, das mitten im Strudel steckte.

»Ach, was Süßes mit Beilage.« Lexi konnte sich ein Gekicher kaum unterdrücken. Ihr war der neue Gast ohnehin ein Dorn im Auge, da die Dame sich wie eine arrogante Königin im Lande verhielt. *Eben die Pfauenstiehl, wie sie leibt und lebt.*

»Ihnen wird das Lachen vergehen. Ich werde mich über das Hotel beschweren, verlassen Sie sich drauf«, reagierte die Dame weiter aufgebracht. »Ein billiger Stern ist schnell vergeben.« Sie ließ angesäuert den Teller neben Lexi stehen und zischte ab.

Alte verdrießliche Kuh. Lexi starrte der Pfauenstiehl nach, die im Aufzug verschwand. Ihre eigenen Mordgedanken gegenüber dieser Frau nahmen ihren Lauf.

»Ilse? Ilseee? Wo bist denn?«, schrie ein Mann von hinten und latschte in schwarzen Sandalen direkt auf Lexi zu. *Der Mann von den Ermittlungen.* Sie schielte weiter auf die Treter, in denen er weiße Baumwollsocken trug.

»Kriminalhauptkommissar Hallinger. Haben Sie eine blonde dickliche Frau gesehen? Die muss sich hier herumtreiben.«

»Hat sie etwas verbrochen?«, fragte Lexi von Neugier erfüllt.

»Die verbricht jeden Tag etwas«, stöhnte er. »Ist nur *meine* Frau. Ilse Hallinger.«

Ohne eine Antwort abzuwarten, warf er einen Blick auf das in kleine Stücke zerfetzte Dessert, das vor ihm auf der Ablage stand. »Das ist offenbar das verräterische Ding.« Hallinger deutete abfällig auf den Teller.

»So schnell warst ja sonst nie da.« Seine Frau tauchte hinter ihm auf. »Donnerwetter«, schob sie nach. »Ich sollte noch mehr Mücken finden«, schnalzte sie mit der Zunge und zeigte auf den zerlegten Nachtisch.

»Ach, du immer.« Hallinger winkte ab. »Und wo ist die Pfauenstiehl?«

»Hat das Weite gesucht. Sind nicht alle so vernarrt in die kleinen Viecher wie du.«

»Ah, ge. Die beruhigt sich schon wieder.«

»Das glaub ich nicht. Nach ihrer Behandlung reist sie wieder ab. Zumindest hat sie mir das gerade im

Vorbeigehen gesagt. Die war außer sich wegen dem Malheur«, erklärte seine Frau weiter. »Spätestens am Nachmittag will sie ihre Koffer packen und dann bin ich wieder allein.« Ihre Augen wurden wässrig.

»Was weinst denn? Du wirst es aushalten die letzten Urlaubstage.« Er suchte mit der Kuchengabel, die auf dem Teller lag, das Insekt heraus und hielt es ins morgendliche Licht. »Hmmm, sieht aus wie die zweite Tigermücke. Oder das, was von ihr übrig geblieben ist. Wo kommen die her?«, fragte er murmelnd.

»Was sagen Sie da?« Lexi war verwundert. Sie erinnerte sich an den Stechmücken-Vorfall bei der geheimnisvollen Waldhütte. *Die Guten und die Bösen.* Der Spruch, der sie innerlich auffraß, flackerte wieder vor ihrem geistigen Auge auf.

»Wissen Sie etwas darüber?«, fragte Hallinger. »Wenn ja, raus damit.«

»Wissen ist zu viel gesagt. Aber gestern hatte mich bei einer Hütte im Grauwald etwas gestochen. Ist das nicht seltsam um die Jahreszeit?«, fragte Lexi und zeigte auf ihren prangenden Mückenstich am Hals, der sie immer noch mächtig juckte.

»Was? Im Grauwald gibt's eine Hütte?« Hallinger starrte auf die rote, angeschwollene Stelle. »Seit wann?«

»Da, sehen Sie.« Lexi zückte ihr Handy und hielt ihm das geknipste Foto unter die Nase.

»Hmmm. Die muss mir entgangen sein«, gestand er. »Wurde die im Grauwald überhaupt genehmigt? Aber gut, ich bin ja auch nicht allwissend. Schade eigentlich.«

Er sah zurück auf den Stich. »Fühlen Sie sich fiebrig?«

»Bisher nicht.« Lexi fasste sich an die Stirn.

»Dann war's wahrscheinlich irgendein anderes Viech, was sich da in den Wald verirrt hat. Wir haben ziemlich viele spezielle Tiere bei uns in der Region. Nicht umsonst wurde unser Wald zu einem Naturschutzgebiet ernannt.«

»Aber die Tigermücke da …«

»Ich weiß, dass ich Depp selbst mit den Tigermücken angefangen habe. Aber wenn wir jedem Mückenstich nachgehen, sitzen wir in zwei Jahren noch da«, seufzte er.

Lexi fing an sich über die juckende Stelle zu kratzen und verzog die Lippen.

»Bloß die Finger weg«, ermahnte Hallinger sie.

»Wieso?«

»Damit bringen Sie die Keime erst recht in die Haut hinein.«

»Das sagt der Richtige!« Seine Frau warf ihm einen stechenden Blick zu. »Du machst nichts anderes den ganzen Tag und scheuerst deinen Fuß wund.«

»Das ist doch jetzt was ganz anderes«, sagte er zu ihr. Der Kriminalhauptkommissar schaute wieder zu Lexi. »Na, schön. Bleiben Sie einfach ruhig und beobachten Sie sich. Solange Sie kein Fieber bekommen, ist alles gut.« Er zückte seine Visitenkarte und legte sie ihr auf den Tresen. »Falls Ihnen etwas Verdächtiges auffällt, rufen Sie mich bitte an. Egal, wie spät.« Dann drehte sich Hallinger zu seiner Frau. »Für dich gilt das Gleiche.

Immer schön die Augen und Ohren offenhalten, wenn du eh an der Quelle urlaubst. Bisher machst du dich ja gut als meine Urlaubsspionin.« Er packte sie neckisch an ihren dicken Pausbäckchen.

»Lass das, Nick«, beschwerte sie sich lächelnd und strich seine Hand weg. Ihre vergossenen Tränchen waren schnell getrocknet.

Die haben offenbar eine Menge Spaß miteinander trotz des ruppigen Umgangs. Lexi musste sofort an die Besonderheiten ihrer Beziehung zu Justus denken, die nicht immer harmonisch blieb, was schon allein an ihren beiden Berufen lag, die wie Nord- und Südpol waren. Er, ein korrekter, ehrgeiziger Polizist, der sich sogar außerdienstlich penibel an die Regeln hielt und selbst zu Fuß (was Lexi peinlich war!) bei einer roten Ampel stehen blieb. Sie, eine entdeckungsfreudige Journalistin, die sich regelmäßig in Gefahr brachte und wenig auf Gesetze gab. Auch missachtete sie gern Verbotsschilder und sammelte dafür eifrig Punkte, ähnlich wie mit ihrer Bonuskundenkarte. Eigentlich passten sie überhaupt nicht zusammen. An manchen Tagen waren sie sogar wie Dynamit, wenn Lexi ihren Dickschädel durchsetzte. Dennoch konnten sie seit Jahren nicht die Finger voneinander lassen. Lexi huschte ein zartes Lächeln übers Gesicht und ihr Blick schweifte ab. Dabei stach ihr wieder die Pfauenstiehl ins Auge, die mit zugezogenem weißen Bademantel und XXL-Handtuch auf dem Arm hochnäsig durch die Lobby stolzierte und Lexi einen abfälligen Blick zuwarf.

»Wie viele wollen mich morgen Abend sehen?«, flüsterte sie heiser in ihr Handy und zog aufgeregt beide Augenbrauen hoch. »Was? Ist das ein Scherz?«, hörte Lexi sie nuscheln. »Das ist ja ein Ding.« Sie verschwand die Treppen hinunter zu den Wellnessräumen und die Tür fiel krachend hinter ihr zu.

6

Die Höllenangst. Sie schläft in dir.

Lieselotte lag regungslos da. Wie ein Frosch, der im Moorschlamm keinen Mucks von sich gab und sich darin aalte. Grün, diese Farbe hatte sie samt einer Augen-Gurkenmaske im Gesicht kleben. Eine Detox-Behandlung, wie man ihr zuvor angekündigt hatte. *Detox.* Mit diesem englischen Wort konnte sie zwar überhaupt nichts anfangen, aber wenigstens verpasste man ihr eine professionelle Gesichtsmaske in einem renommierten Haus. Trotz allem waren es für sie schlicht und einfach stinkende Algen, die ihre Gesichtshaut überzogen. Ihr schrumpeliger Körper lag in einer Badewanne, bis zum Hals mit einem dunkelbraunen Moorbad bedeckt, das sie amüsiert als braunen *Batz* bezeichnete. Wären ihre Mundwinkel nicht nach oben gezuckt, hätte man sie glatt für tot gehalten.

So lässt sich's aushalten.

Einmal war sie die Hauptperson, um die sich alles drehte und um die alle tanzen würden. Die ehemalige Weinkönigin von 1952. Der einzige glamouröse Moment in ihrem fortgeschrittenen Lebenslauf. Seitdem war für sie an Schönheitsschlaf nicht mehr zu denken gewesen.

Seit vierzig Jahren kannte sie nur harte, körperliche Hofarbeit und war mit wenig Schlaf ausgekommen. Schon um vier Uhr morgens musste sie aufstehen, um den Stall auszumisten, und um sechs Uhr düste sie mit dem Traktor bereits aufs Feld hinaus. So ging es den ganzen Tag ohne Verschnaufpause weiter, bis sie abends hundemüde ins Bett fiel. Sie wunderte sich, wieso ihr Herz bei dem Arbeitstempo überhaupt durchgehalten hatte und immer noch schlug. Aber die knochenharten Zeiten hatte sie nun hinter sich. Jetzt drehte sich eine Stunde alles um sie.

Na ja, nicht hundertprozentig.

Lieselotte dachte an die andere Dame, die im selben Raum weiter hinten lag und sich einer Behandlung unterzog. *Die damische Trutschn.* Mit ihr war sie heute Morgen schon saublöd aneinandergeraten, nachdem sie ihr den letzten Millirahmstrudel vom Frühstücksbuffet geklaut hatte. Dabei wollte *sie* ihn doch ausprobieren. Nur, weil der Hutmann ihr im Weg stand und sie beim Durchkommen behinderte. *Der Depp, der damische.* Daher hatte sie sich morgens mit einem Stück Apfeltarte begnügen müssen. Aber zum Glück konnte sie die Frau gerade nicht sehen und vergaß schnell das morgendliche

Trara wieder, als zwei Hände an ihren knochigen Schultern angesetzt hatten.

Mei, schee, dachte sie. *Endlich geht's los.*

Klassische Musikklänge, die leise aus der Anlage dudelten, drangen lauter hervor. Hände massierten sanft ihre Nackenmuskeln, und Lieselotte schloss die Augen, bis die Bewegungen immer ruppiger wurden.

»He, Sie, ein bisserl zarter bitte«, beschwerte sie sich.

Doch anstatt ihrem Wunsch nachzukommen, wurden die Massagegriffe immer schmerzhafter und härter.

»Hörens denn nicht?«, fragte Lieselotte und hob den dreckigen Arm aus der Pampe.

Aber die fremden Hände drückten sie kraftvoll nach unten. *Gluck, gluck, gluck.* Ihr Kopf samt weißgrauem Haar verschwand im Schlamm, die Pranken tauchten sie brutal unter. Lieselotte gab keinen Mucks von sich, nur ein paar Blubberbläschen drangen als letzte Lebenszeichen an die dunkle Oberfläche. Wie ein dahinsiechender Frosch, der qualvoll zu ersaufen drohte.

Lieselotte schnaufte heftig, als es ihr gelang, den Kopf aus dem Moorbad wieder auftauchen zu lassen. Die kräftigen Hände, die sie zuvor mit voller Wucht in den Schlamm drückten, hatten blitzartig von ihr abgelassen. »Hilfe«, kreischte Lieselotte lauthals durch das Behandlungszimmer und wischte sich die triefende braune Soße von den Augen. »Ein Mordanschlag. So helfen's mir doch.«

Aber niemand erschien und erhörte ihre piepsigen Schreie.

»Hilfe! Rufen's die Polizei. Jemand wollt mich umbringen«, schrie Lieselotte weiter, außer sich vor Angst und Erregung.

Mit ihren runzeligen Händen hielt sie sich am Wannenrand fest und hob den Körper aus dem Schlammbad heraus. Ihr einst pinkfarbener Badeanzug glich einer überzogenen braunen Gülle, in die sie kopfüber gefallen war.

Aufgebracht watschelte sie zum nächsten Behandlungszimmer und rief blind hinein. »Hallo?« Keine Reaktion.

An irgendeiner Stelle liegt doch die Trutschn.

Sie bog ums Eck und blieb abrupt stehen. »Ja, Herrschaft«, schrie Lieselotte und lief hinüber. Sie erspähte feuerrot lackierte Fußnägel, deren Zehenspitzen aus der Wellnesswanne ragten. Mit beiden Händen griff sie in den Schlamm und zog mit voller Kraft den bewegungslosen Oberkörper heraus. »He, aufwachen«, brüllte sie die Frau an und gab ihr links und rechts ein paar sanfte großmütterliche Watschn. *Bringt alles nix.* Lieselotte ließ den Körper wieder los, der zurück in die Badewanne rutschte und glucksend untertauchte. Sie hatschte in Richtung Rezeption und tröpfelte den glänzenden Fußboden mit dunklen Spritzern voll, die sich nach und nach von ihrem Körper lösten.

»Hilfe, kommens schnell. Die Trutschn is tot.«

»Wer?«, fragte Lexi und hob neugierig den Kopf, während sie von Erregung überflutet wurde.

»Im Wellnessbereich liegt a Tote.«

»Sind Sie sicher? Wo?« Hauptkommissar Hallinger drehte blitzartig seinen Kopf zur alten Birnbaum um.

»Ja, freilich bin ich sicher. *Die* bewegt sich nimmer. Liegt in der Wellnesswanne im Untergeschoss.«

Die weißhaarige Dame winkte aufgeregt und ging voraus.

»Du bleibst jetzt bloß da«, befahl er seiner Frau forsch. »Das ist nix für dich. Kannst wieder eine Woche nicht schlafen.«

»Pfff«, schmetterte Frau Hallinger zurück.

Er ließ sie hinter sich stehen und rannte mit Birnbaum und Lexi eine Etage tiefer, die keine Zeit verlor, mitzukommen.

»Da, sehen's doch.« Birnbaum schnaufte und deutete energisch auf die in goldenen Schimmer getauchte Luxuswanne direkt vor ihnen.

»Das haben wir gleich.« Hallinger lief voraus. Ohne mit der Wimper zu zucken, krempelte er beide Ärmel an seinem Hemd hoch, fasste in den Schlamm und zog eine Frau heraus, die im knappen, mit Leopardenmuster bedruckten Triangel-Bikini bekleidet war und der jeden Moment das Brust bedeckende Oberteil abzurutschen drohte.

»Oh Gott.« Lexi schielte auf die Tote. »Nicht wieder eine Leiche.«

Hallinger überprüfte ihren Puls.

»Kira, um Himmels willen, Kira«, schrie seine Frau aufgeregt hinter ihnen. »Das ist sie, Nick.« Sie schnaufte wie eine alte Dampflokomotive.

»Hab ich dir nicht gesagt, du sollst oben im Saal bleiben?«, schimpfte Hallinger seine Frau.

»Das entscheide immer noch ich.«

»Sture Henne«, fauchte er ihr zu. »Tja. Sie ist tot. Den Anblick hättest du dir ersparen können.«

»Oh Gott! Wie kann das sein?«, fragte ihn seine Frau mit wackeliger Stimme.

»Offenbar ertrunken. Vermutlich während sie mit der Musik eingeschlafen ist? Kein Wunder bei dem sanften Gedudel«, vermutete Hallinger. »Selbst die Schickimickis bleiben nicht vorm Tod bewahrt.«

»Ah nie.« Frau Birnbaum winkte mit ihrer schlaffen, faltigen Hand ab. »Die wurde ertränkt. Jemand hat's erst noch bei mir versucht. Mich pfeilgrad in die Badewanne runtergedrückt. Oder was glauben's, wieso mein ganzer Kopf so verschmiert ist?« Sie tastete an ihren Haaren entlang.

Lexi bemerkte, dass der Kriminalist auf Frau Birnbaums ruinierte Schlammfrisur starrte und dann zurück zur Leiche.

»Hm, tatsächlich. Druckstellen am Hals. Sieht aus wie Würgemale. Sie haben recht, das dürfte kein Unfall gewesen sein«, gab Hallinger kleinlaut zu. »Gut möglich, dass Sie der Täter zuerst mit der Toten verwechselt hat? In der Badewanne mit Schlammmasken sehen doch die Frauen alle gleich aus. Na ja, fast.«

»Und was ist das?«, fragte Lexi den Hauptkommissar und zeigte auf den Spiegel hinter ihnen.

»Weine«, las der Hauptkommissar resigniert vor.

In rötlicher Schrift prangte das kleine Wörtchen unübersehbar auf dem riesengroßen, luxuriösen Badspiegel des Wellnessbereichs.

»Zum Weinen hat die keine Zeit mehr ghabt«, merkte die Birnbaum an und drehte sich ebenfalls dem Spiegel zu. »Waaah, ja gibt's des«, erschrak sie.

»Was ist?«, fragte Hallinger.

»Ich schau ja aus wie der Goofy.«

»Für so einen Mist hab ich keine Zeit«, schimpfte er.

»Ist das Blutschrift?«, fragte Lexi den Hauptkommissar.

»Hm, das finde ich gleich raus.« Er schritt voller Tatendrang an den Spiegel, stupste einen Finger in die rote Farbe und roch vorsichtig daran.

»Nick, du kannst doch nicht einfach …«, schrie seine Frau entsetzt.

»Riecht süßlich.«

»Süßlich?« Lexi runzelte die Stirn.

»Ich bin mir nicht sicher, aber es riecht wie Marmelade.«

Der süße Hans. Lexis Gedanken wanderten. Ihr fielen die rot verschmierten Marmeladenfinger wieder ein, die er sich vor ihren Augen abgeschleckt hatte. Und nicht zu vergessen die Hasskommentare gegenüber der Pfauenstiehl.

»Du wirst doch nicht … nimmst du deine Pratzen weg.« Seine Frau geriet in Hysterie, doch da war es schon geschehen.

»Mmmmh, Kirschmarmelade.« Der Hauptkommissar schleckte sich genüsslich den eingetunkten Zeigefinger ab.

»Und was beweist das? Die gabs heute Morgen zum Frühstück«, stellte Frau Hallinger stirnrunzelnd fest. »Könnte demnach jeder gewesen sein. Jeder Dahergelaufene hier im Hotel.«

»Aber nur, wer heute hier war«, antwortete Lexi.

»Wieso?«, fragte Frau Hallinger.

»Hausgemachte Kirschmarmelade gibt's nur einmal die Woche.«

»Hamas schon. Ich hab immer gewusst, dass du eine Verdächtige bist.« Der Hauptkommissar zeigte stichelnd auf seine Frau.

»Du Depp, du blöder«, schimpfte sie ihren Mann, der von ihrer Reaktion sichtlich unbeeindruckt blieb. »Wer sollte denn scharf darauf sein, die Kira umzubringen?«

»Das ist ein Witz, oder? Ich tippe bei der aufgedonnerten Schachtel auf jeden zweiten, der Mordgelüste entwickelt hat«, sagte er. »Mich eingeschlossen.«

»Jetzt mal im Ernst. Wieso glaubst du, wurde die Kira abgemurkst?«

»Das fragst du mich? Sie war ja *deine* Freundin. Hast du nichts mitbekommen, was uns weiterhilft?«, fragte Hallinger seine Frau. »Du bist doch immer auf zack bei so was.«

»Ja, schon. Aber die Kira war eine Wiefe und mit allen Wassern gewaschen. Selbst vor mir hatte die Geheimnisse. Vor zwei Tagen, als wir gemütlich in der Lounge beim Kaffeetrinken saßen, hat ihr Telefon geklingelt. Da ist sie gleich aufgesprungen und weggelaufen wie ein aufgescheuchtes Huhn. So als hätte sie etwas zu verbergen.«

»Und? Hast du trotzdem was gehört?«

»Nur Wortfetzen. Da ging's offenbar um eine größere Summe Geld.«

»Bei wem geht's das heutzutage nicht.«

»Dabei hatte die Kira genügend Kohle, ihr Mann ist ja ein halber Millionär«, sagte seine Frau. »Das hatte *die* nicht nötig.«

»Falsch. Der Bürgermeister ist ein ganzer Millionär. Er wird nicht umsonst als *Dagobert Duck* aus Dacklrain bezeichnet«, entgegnete er. »Die Reichen kriegen halt den Hals nicht voll. Aber das nützt der jetzt nix mehr.« Er stemmte eine Hand in die Hüfte. »Wie war das gleich? *Geschäft des Lebens.* Da haben wir nun zwei Morde, zwei Botschaften, zwei Methoden. Und zwei, die offenbar aufs große Geld aus waren.« Hauptkommissar Hallinger rieb sich angestrengt seinen Kopf. »*Leide und Weine.* Anscheinend einer, der uns gern Botschaften hinterlässt. Kurz und knackig.«

»Und tote Mücken«, ergänzte seine Frau. »Die Blutsauger darfst du nicht vergessen.«

»Wie könnte ich? Die Mücken als Todesvorboten, die der Mörder bei den Opfern hinterlässt. Die Viecher übertragen einen Virus, von dem man Denguefieber bekommt. Bei schweren Verläufen endet die Krankheit tödlich.« Offensichtlich liebte es der Kriminalhauptkommissar, wenn er in seinem Element war und mit Wissen weit über die Ermittlertätigkeit hinaus glänzen konnte.

»Weißt du überhaupt, dass du dieses Wissen nur mir zu verdanken hast? Das Buch über Insekten, das ich dir damals geschenkt hatte, woraufhin du mich grantig angeschaut hast«, sagte seine Frau und stieß ihm in die Rippen.

»Aua, spinnst du?« Hallinger sah seine Frau boshaft an. »Konnte ich doch unmöglich wissen, dass die Viecher mal wichtig werden.«

»Sie meinen, das Ding im Strudel von Frau Pfauenstiehl war kein Zufall?«, fragte Lexi.

»Das meine ich, ja. Der Täter hat das als Symbol benutzt. Wer weiß? Vielleicht sah er in den Toten auch eine Art Virus, der beseitigt werden muss?«, sinnierte er weiter.

»Oh Gott. Und dieser Jemand ist vermutlich jetzt in unserem Hotel, unter uns«, flüsterte Lexi aufgeregt. *Wer kommt als Mörder infrage?* Blitzartig spulte sie die Personen in ihrem Kopf ab, die sie in den letzten Tagen gesehen hatte. Es waren so viele. *Zu viele für mein überkochendes Hirn.*

»Nick, ich will sofort heim. Auf der Stelle.« Seine Frau war außer sich und zog ihren Mann am Ärmel. »Hörst du nicht?«

»Jetzt, wo es rund geht? Du bist doch diejenige, die immer über das langweilige TV-Programm schimpft. Nein, nein. Du bleibst schön da und hältst mich auf dem Laufenden, basta«, befahl er.

»Hast du gar keine Angst um mich?«

»Ge, dir passiert schon nix.«

»Du bist mir keine Hilfe. Dann muss ich mich eben selbst beruhigen«, sagte sie. »Mit Kamillentee und einem großen Stück Kuchen. Scheiß auf die Kilos.«

»Da bist du ja gut dabei. Seit Monaten.«

»Nick, du bist unmöglich. Überhaupt kein Feingefühl«, sagte seine Frau und stiefelte beleidigt vom Tatort weg.

»Ja, schon gut.« Hallinger drehte sich zu Lexi. »Können Sie mir eine Liste von allen Gästen erstellen, die derzeit hier urlauben?«

»Klar, nichts leichter als das.« Lexi schluckte ihre Angst hinunter.

Der Kriminalhauptkommissar nahm sein Mobiltelefon zur Hand und entfernte sich ein paar Schritte. »Steini? Eine weitere Leiche gibt's. Beeil dich und sag von Dannenhall Bescheid«, hörte Lexi ihn sagen, ehe er ums Eck mit dem Telefon am Ohr verschwand.

»Pfiat di Gott.« Die Birnbaum schüttelte ungläubig über den Vorfall ihren weißhaarigen Schädel. »Nicht einmal im Wellness is ma sicher.«

»Da haben Sie recht.« Lexi merkte, dass ihre Stimme anfing zu zittern, nicht so souverän blieb, wie sie es sonst von sich kannte.

»Aber wart nur. Beim nächsten Mal bin ich vorbereitet. Dem helf ich scho.« Die alte Dame machte kehrt und verließ mit drohendem Zeigefinger vor sich hin nuschelnd den Tatort.

Nur Lexi blieb wie am Fleck erstarrt stehen. Ihr Herz vibrierte vor Anspannung. Gab es mitten unter ihnen einen Gast, der eiskalt Menschen abmurkste? Ein Hotelmörder, dem sie längst begegnet war und der auf der Lauer nach dem nächsten Opfer lag? Lexi erspähte jemanden hinter der geöffneten Tür des Behandlungszimmers. Neugierige Augen, die verstohlen zur Leiche sahen. Ein hellblonder Schopf spitzte hinter dem Türrahmen hervor.

Lexi ging näher auf die Person zu. »Hans?«, fragte sie. »Bist du es?« Sie erkannte den *süßen Hans,* der eilig von ihr weglief.

»Was rennst du denn so? Jetzt bleib doch da«, schrie sie ihm hinterher.

Lexi erhaschte ihn gerade noch, wie er trampelnd an den Treppenstufen abzischte, ohne ihr zu antworten. Sie hörte noch sein leises Kichern, dann war er weg. War er der Übeltäter? Ein Mörder, der an den Tatort zurückkehrte und sein verrichtetes Werk ins Visier nahm. Waren die Marmeladenspuren am Spiegel seine Handschrift? Hans liebte das klebrige Zeugs und aß täglich davon, wie Lexi wusste. Wieso sonst lief er vor ihr davon?

Lexi war es flau im Magen. Sollte sie ihn zur Rede stellen? Aber zuerst musste sie sich mit ihrem Einfall beeilen, bevor die Polizei aufkreuzte. Sie rannte nach oben in Richtung Rezeption und nutzte den geringen Zeitvorsprung. Ihre einzige Chance.

Lexi steckte den Kopf durch die Tür Nummer 18. Sie hielt die Hotelkarte fest in der Hand und schlich leise in das Zimmer. Ausgestattet mit Handschuhen, die sie eben von dem umherstehenden Putzwagen vor einem anderen Nachbarzimmer mitgenommen hatte.

»Frau Pfauenstiehl?«, flüsterte sie.

Lexi wusste nur allzu gut, dass die Dame tot war. Sie hatte ihre Leiche mit eigenen Augen gesehen. Aber man konnte ja nie wissen, wer sich sonst hier versteckt hielt. Sie musste vorsichtig sein. Immerhin wohnte im Zimmer nebenan die Frau des Kommissars, die sie jederzeit auffliegen lassen konnte. Aber soweit sie es mitbekommen hatte, war Frau Hallinger zum Frustessen ins Kaffeestüberl gelatscht.

Lexi schloss die Tür hinter sich ab. Wonach suchte sie überhaupt? Wieso hatte es der Mörder auf diese wohlhabende Tussi abgesehen? Sicher, sie war reich, hatte einige Neider – und nicht zu vergessen scheinbar eine handfeste Affäre. Hatte ihr Mann, der Bürgermeister von Dacklrain, einen Auftragskiller angeheuert, um seine eigene Frau umbringen zu lassen? Das nötige Kleingeld hätte er ja dafür. Es war kein Geheimnis, dass das Ehepaar im Luxus schwelgte. In einer monströsen Villa abseits von Dacklrain gelegen, in denen sie sogar zwei Hausdamen beschäftigten. Oder handelte es sich um einen eiskalten Eifersuchtsmord, begangen von ihrem Mann, der von der Liaison Wind bekommen hatte?

Lexis Gedanken bewegten sich wild im Kreis. Sie klappte zuerst jenen Hotelschrank auf, in den die Pfauenstiehl bisher nur wenig eingeräumt hatte und der außer einigen Paar extravaganten Schuhen, einer schwarzen Pelzjacke und zwei hausinternen Bademänteln nichts anderes hergab. Der pinkfarbene Schalenkoffer lag geöffnet auf dem Boden. War schon jemand Fremdes hier gewesen? Einer, der seine Spuren verwischt hatte?

Bedien' dich. Lexis unbändige Neugierde drehte gedanklich durch. Sie schritt zum Koffer und wühlte sich durch die Kleidung der Pfauenstiehl, als wäre sie eine spezialisierte Drogenbeauftragte am Flughafen. Lexi zog unter ein paar aufreizenden Schlüpfern eine schwarze Augenmaske mit dem silbernen Aufdruck *Princess* hervor und runzelte die Stirn. So hatte sich die Pfauenstiehl gesehen? *Alte verderbliche Prinzessin.* Lexi legte die Maske wieder ab.

Im Seitenfach fiel ihr eine Eintrittskarte ins Auge, die lose aus einem im Koffer angenähten Steckfach hervorspitzte. So eine hatte ihr doch letztens Justus geschickt. Lexi nahm die Karte heraus. *Club Sechs Stäbe.* Ein schmales, rechteckiges Ding mit bordeauxroten Buchstaben. *Komm zum Richtfest,* las Lexi auf der Rückseite, handschriftlich zusammen mit einem breit grinsenden Smiley hingekritzelt. Wie es aussah, war die Pfauenstiehl ein weiteres Mitglied dieses seltsam anmaßenden *Clubs* gewesen, genauso wie der erste Tote. Lexi tippte spontan auf einen Swingerclub. Aber was hatte es mit dem *Richtfest* auf sich? Lautete so das Motto einer knallharten Sadomaso-Party, die dort stattgefunden hatte und bei der ordentlich die Post abging? Und was hatte Bauchdrexler mit sadistischen Clubs am Hut? Lexis Kopf bebte. Allmählich glaubte sie, dass sie fiebrig wurde. Zumindest bildete sie sich plötzlich eine erhöhte Körpertemperatur ein, die sie fertigmachte. Ihre Psyche spielte verrückt. Litt sie nun an diesem Denguefieber, von dem ihr Hallinger erzählt hatte und sie im Kopf durchdrehen ließ? *Solange*

Sie kein Fieber bekommen, ist alles gut. Von wegen! Lexi kühlte sich mit ihrer eiskalten Hand die heiß gewordene Stirn und versuchte sich weiter zu konzentrieren. Sie betrachtete erneut die Karte. Was hatten die zwei Toten miteinander zu tun, außer dass sie im selben Club verkehrten? Wieso mussten ausgerechnet diese Mitglieder sterben? Ihre Finger zitterten wie die einer alten Dame. War es der Schüttelfrost oder ihre plötzliche Aufregung, die sie übermannte?

Ein schrilles Geräusch drang durch das geschlossene Hotelfenster. *So ein Misthaufen.* Lexi erspähte vom Fenster aus die blinkenden Polizeisirenen, die bedrohlich vor der Hoteleinfahrt standen und Lärm verbreiteten. In diesem Augenblick fiel ihr Justus auf, der zusammen mit einem dicken Kollegen ins Hotel stürmte. *Nichts wie weg.* Lexi hatte keine Zeit mehr, die Bude näher zu durchforsten. Das hätte ihr noch gefehlt, wenn Justus mitbekommen würde, dass sie als Hotelangestellte bei einer Toten herumschnüffelte und sogar der Polizei Beweismaterial klaute. Schlagartig vorbei wäre es mit der Beziehung zu ihrem geliebten Polizisten. Sie schob die Karte in ihre Tasche, schloss die Tür hinter sich ab und rannte wie der Blitz zurück zu ihrem Arbeitsplatz an der Rezeption.

Zum Kotzen. Lexi ärgerte sich über sie selbst. Erst jetzt merkte sie, dass sie die Maske im Zimmer hatte liegen lassen. Aber es war zu spät. Die Polizei samt Justus standen sicher schon im Zimmer und durchsuchten der Pfauenstiehl ihre Sachen.

»Ich komme schon«, rief Lexi von Weitem und riss sich wieder am Riemen. Sie blieb äußerlich cool für den nächsten Gast, der schon für den Check-in auf sie wartete. Doch innerlich durchzuckte sie etwas. *Komm zum Richtfest,* holten sie die Wörter auf der Karte ein. Ein Lockruf.

Aber für was?

»Noch eine Leiche bei uns im Hotel?« Offensichtlich war auch ihre Chefin atemlos. Anni Feixl kreuzte mit Hans durch den Hintereingang auf und wanderte neben der Rezeption an Lexi vorbei. »Wir müssen verhindern, dass sich des wie ein Lauffeuer ausbreitet. Sonst sind wir ruiniert.«

»Mutter, reg dich ab. Hat doch keiner mitgekriegt«, sagte Hans. »Außerdem ist so was gute Publicity fürs Hotel. Eine Tote in der Badewanne. So was Schräges hat doch sonst niemand.«

»Red nicht so einen Schmarrn. Wenn des an die Presse kommt, ist der Teufel los. Halt bloß deinen Mund«, flüsterte sie und warnte ihn mit erhobenem Zeigefinger. »Jetzt muss ich sofort den Franzl suchen …« Sie lief aufgelöst und mit hochrotem Kopf aus dem Hotel.

»Hans, hast du eine Minute?«

»Ha?«

Lexi winkte ihm von der Rezeption aus zu.

»Für dich auch zwei.« Hans latschte zu Lexi vor. »Ich weiß genau, was du mich fragen willst. Aber ich hab nix gemacht.«

»Und wieso bist du dann vor mir weggelaufen?«

»Mei, aus dem Affekt heraus. Hab mich unbeobachtet gefühlt. Und dann tauchst du auf. Ich hab mich halt erschreckt.«

»Hm.« Lexi war misstrauisch, aber irgendwie klang seine Aussage gar nicht so verkehrt.

»Ach, da schau her.«

»Was ist?«

Hans zeigte mit dem Kopf auf einen Hotelgast, der links von ihnen auf der dunkelbraunen Ledercouch in der Lobby saß und geschäftig telefonierte. »Der Gspinnerte ist auch wieder da.«

Glattes Ablenkungsmanöver.

Lexi sah Hans an, dessen Blick vom Hutmann zum Türeingang wechselte. Sie bemerkte seine wachsende Aufregung. Hitze, die plötzlich in seine Wangen schoss. Anscheinend war sie nicht die einzige, deren Kopf schier platzte. Dann sah Lexi wieder nach links. »Die haben angebissen … ja, so machen wir das, wie abgemacht«, sagte der Hutmann leise. »Wieso nicht? Ich finde, der Name klingt brillant. Wie etwas Besonderes, und das wird es sein.« Der Hutmann hatte das Telefonat beendet. Er schlug die Beine übereinander und umklammerte mit den Händen sein Knie.

»Das ist ja mal eine Granate.« Hans gab einen lauten Pfiff von sich.

»Wo?«

»Blondine auf 3 Uhr.«

Lexi bemerkte am Eingang eine große Frau mit langem, blondem Haar, tailliertem Trenchcoat und schwarzen samtigen Overknees, die mit einem Lächeln auf den kirschroten Lippen hereingelaufen kam.

»Bei der muss man als Mann aufpassen, dass die nicht explodiert, sobald man sie an den heißen Stellen anlangt.« Er wedelte mit seiner Hand, als hätte sie Feuer gefangen.

»Übertreib nicht«, sagte Lexi.

Der Hutmann stand auf, zupfte sich das Jackett zurecht und begrüßte die Frau, die auf ihn zu stöckelte.

»Bin ich richtig bei Ihnen wegen des Castings?«, hauchte sie und ließ die orange-leuchtende Mini-Handtasche, die wie eine Erdbeere geformt war, von der Ellenbeuge auf ihr Handgelenk rutschen.

Marke sündhaft teuer.

Der Hutmann nickte. Die Frau entledigte sich ihres Trenchcoats, was ein Stück ihrer schlanken, nackten Oberschenkel offenlegte.

»Hm? Was für ein Casting?«, flüsterte Lexi zu Hans. »Weißt du, was der beruflich macht?«

»Ja, Gspinnerter ist der von Beruf, wie ich's schon vorausgesagt hab. Das sieht man dem an, dass der nicht ganz sauber ist.«

»Bereit?«, hörte sie den Hutmann nuscheln. »Dann können wir ja …«

Lexi versuchte mehr von dem Gespräch mitzuhören, aber die beiden verschwanden nach der Begrüßung in die obere Etage, in Richtung der Zimmer.

»Schade, einmal wenn's interessant wird …«, sagte Hans enttäuscht.

Lexi sah, wie die Röte auf seinen Wangen verblasste und das Leuchten in seinen Augen verglomm.

»Denkst du, was ich denke?« Steinreiter klaubte die Augenmaske vom Boden des Hotelzimmers auf und runzelte die Stirn.

»Die Pfauenstiehl war offenbar flott unterwegs. Nur meine Ilse nicht. Die hat nur eine zum Schlafen.«

»So?«, fragte Steinreiter und hielt das Teil in die Luft.

»Ja, aber nur ein ganz unerotisches Kaliber der medizinischen Sorte. Da vergeht's einem.« Nick unterdrückte ein Lachen und ließ seinen Beamtenblick durchs Zimmer schweifen. »Sag mal, war schon jemand da?«, fragte er und zeigte auf den geöffneten Reisekoffer. »Schau dir die durchgeräumten Sachen an. Alles liegt kreuz und quer. So packt doch keine Frau.«

»Wieso nicht? Vielleicht war die Pfauenstiehl ja ein kleines Schlampinchen«, sagte Steinreiter. »Wer weiß das schon. Wie die Koffer und die Wohnungen der Menschen von innen aussehen, sind deren Geheimnisse.«

»Kann ich mir bei der feinen Tussi aber nicht vorstellen. Auch die Ilse faltet alles penibel genau. Sogar, als ich abgereist bin und es ihr nicht schnell genug gehen konnte.« Nick wurde aus seinem Gedankenspiel gerissen, da sein Telefon läutete. *Nervtöterin alias Ilse.* »Wenn man vom Teufel spricht.« Zähneknirschend nahm er den Anruf entgegen. Am liebsten wäre er dieses eine Mal nicht dran gegangen, aber auf die klagenden Schimpftiraden hinterher verzichtete er freiwillig.

»Nick, mir ist glatt noch was eingefallen.« Ilse legte eine kurze Redepause ein und schmatzte hörbar durch den Apparat. »Bei diesem komischen Telefonat mit dem Unbekannten fiel ein Straßenname, wo die Kira scheinbar eine Verabredung hatte.«

»Ja, und?«

»Ich überlege schon die ganze Zeit, aber mir fällt der blöde Name nicht mehr ein. Das macht mich ganz dappig«, sagte sie mit vollem Mund. »Aber weißt du was? Ich bestell mir jetzt noch ein drittes Stück Kuchen, vielleicht bekomme ich dadurch eine Erleuchtung. Und wenn nicht, hol ich mir den Cityguide aus der Lobby und studiere jeden einzelnen Straßennamen, bis ich ins Bett falle.«

»Das machst. Da hast ja jetzt eine sinnvolle Abendbeschäftigung«, sagte Nick. »Effektiver als Schäfchenzählen.« Er legte auf, da jemand stürmisch an die Zimmertür geklopft hatte. Mindestens zehnmal kräftiges Bumpern. Das aufdringliche Klopfverhalten kam Nick doch bekannt vor und hatte erst am Samstagmorgen ein Trauma bei ihm ausgelöst.

»Herr Hallinger? Sind Sie da?«

Nick öffnete die Tür und sah eine geschockte Anni Feixl.

»Was ist denn los? Der dritte Tote?«

»Nein, nein. Gott bewahre«, sagte sie. »Ich glaub, Ihr Wagen ist rückwärts den Hügel runtergefahren. Aber regen Sie sich bitte nicht auf.«

»Was?« Nick sah zu Steini.

»Hast du die Handbremse nicht angezogen?«

»Kann ich nicht mit Sicherheit behaupten«, sagte Nick. »Dann lass uns verschwinden.«

Abrupt steckte er die Augenbinde in seine Jackentasche und sprintete die Treppenstufen des Wellnesshotels hinab. Ausgerechnet ihm war dieser Schnitzer passiert. Nick versuchte, sich zu beherrschen und weiterhin die Ruhe zu bewahren. Was sollte denn Steini von ihm denken, wenn er als gestandener Kriminalhauptkommissar nur wegen eines Wagens, der sich verselbständigt hatte, die Fassung verlor? »Und wo ist der Breznsalzer hin?«, fragte er. »Sollte der nicht auch aufkreuzen?«

»Wir haben uns vorher in der Lobby aufgeteilt. Der faselte was von mehreren Vernehmungen, die er hier im Hotel allein übernehmen wollte, und dann war er weg.«

»Aha. Und wen vernimmt er?«

»Ein paar Urlauber auf der Gästeliste, die uns Lexi ausgedruckt hat. Die Namen hat er nicht genannt.«

»Ich glaub, der Depp drückt sich eher mal wieder von der Arbeit und legt eine Fresspause im Stüberl ein«, schimpfte Nick und nahm die letzte Stufe. »Der kann sich ja zur Ilse dazugesellen.«

»Nein, nein. Ich vermute, er versucht's jetzt im Alleingang. Thema Erfolgserlebnis«, sagte Steinreiter. »Irgendwie tut er mir leid. Er arbeitet noch immer auf seine Gehaltserhöhung hin.«

In der Lobby angekommen, warteten vor dem Eingang einige Gäste, die sich beengt unter die Plane quetschten, da es wie aus Eimern goss. »Ja, sauber.« Nick entdeckte

Emanuel Braunfelder am Rande der Hotelgäste stehend, der sich mit einer Tageszeitung den Kopf abschirmte. Er konnte nicht anders, als kurz hinüberzugehen.

»Ja, Kollege, die Welt ist klein«, sagte Nick und klopfte ihm auf die Schulter.

»Ach, sieh einer an. Der Herr Sandalenträger ist hier«, entgegnete er spitz und lugte unter seinem Regenschutz hervor.

»Auch im Wellnessurlaub?«

»Ja, logo. Für sein Aussehen muss man ja was tun, nicht?«

Nick entging der schelmische Unterton von Braunfelder nicht. Wieso machten sich sämtliche Kollegen über sein Schuhwerk lustig? Er war immer ein guter Kriminalist gewesen, wenn auch mit kleinem, optischem Handicap.

»Mistwetter, und das im Januar«, knurrte Braunfelder, als ihn ein dicker Regentropfen an der Nasenspitze traf, den er sofort penibel mit einem Tuch wegtupfte.

»Ge, Sie sind doch nicht aus Zucker.« Nick hatte nichts gegen den Mann persönlich. Braunfelder war eben ein gschleckter Hund. Ein erfolgsverwöhnter Jungspund, der seine Haare mit ordentlich Gel verklebte und nicht ohne Puderdose außer Haus ging. Dass er sich optisch für etwas Besseres hielt, zeigten schon allein seine beiden Diamantohrstecker, die Nick regelrecht anleuchteten.

»Ich muss jetzt nach unserem Wagen sehen. Der hat sich zu einem Eigenleben bekannt …« Nick hatte ohnehin genug von dem künstlichen Small Talk und hob grüßend die Hand.

»Wer war das?«, erkundigte sich Steinreiter.

»Der Schnösel vom Kriminalfachdezernat für Cybercrime«, sagte Nick und hielt auf dem Parkplatz Ausschau nach dem Dienstwagen.

»Cybercrime? Woher kennst du ihn?«

»Der war auf dem letzten großen Weihnachtsfest herumgeschwirrt und hatte mir stockbesoffen ein Rotweinglas über mein *Ralph-Lauren*-Hemd geschüttet. Das einzige im Schrank, das mir Ilse geschenkt hatte – ist mir also in bester Erinnerung geblieben«, erklärte Nick. »So ein Sauwetter.« Er schüttelte sich. »Braunfelder hat recht. Was ist das für ein Winter heuer? Sonne, Dauerregen, und keine weißen Flocken weit und breit. In dreißig Jahren wird es keinen Schnee mehr geben«, prophezeite er.

»Vielleicht war es schon jetzt der letzte«, sagte Steinreiter resigniert.

»Würde mich nicht wundern in Zeiten des Klimawandels. Und wir Menschen tun viel dafür, dass es sich nicht mehr aufhalten lässt.« Nick versuchte sich mit anderen Gedanken abzulenken und wischte sich die Regentropfen von dem platschnassen Gesicht.

»Schau am besten nicht hin«, sagte Steinreiter und wiegelte mit den Händen ab.

Nick stellte sich zu Steini, der am Ende des Hotelparkplatzes stand, und starrte den Buckel abwärts. Dann schluckte selbst er. Die Realität hatte ihn eiskalt erwischt. »Ja, Herrschaftszeiten noch einmal!«, schimpfte Nick. Das Polizeiauto war den Hügel heruntergerollt und hatte an der Kreuzung eine Karambolage mit mehreren Reisebussen ausgelöst.

Am nächsten Morgen, an einem Montag, fuhren sie mit einem Ersatzwagen zum Rathaus. Die weiß-blauen Fahnen hingen senkrecht herunter, durchtränkt vom anhaltenden Starkregen. Nur die rustikale Fassade erstrahlte trotz Nässe in blau-und-weiß-kaltem Kunstlicht, das das Gebäude ringsum beleuchtete. Das prunkvolle Haus mit seinen übergroßen, hohen Fenstern im barocken Stil war 1711 erbaut worden. Seitlich gab es einen begrünten Park und einen Springbrunnen, der oft und gern als Hintergrundmotiv für Heiratswütige diente. Im Sommer sogar mit zwei beeindruckenden Wasserfontänen, die jeweils aus einer steinernen Meerjungfrauenfigur vier Meter nach oben sprang. Nick öffnete das holzbraune schnörkelige Tor, an dessen Klinke ein goldener Löwenkopf angebracht war und verschwand mit Steinreiter im Gebäude. An der Wand im langen Korridor hingen einige landschaftliche Gemälde von Malern aus der Region und erinnerten Nick eher an eine Kunstgalerie als ein Rathaus. Neben dem optisch größten Kunstwerk befand sich die amtlich wichtigste Tür, hinter welcher der Bürgermeister von Dacklrain regierte, was auch fett auf dem Türschild zu lesen war.

Herr Bürgermeister Prof. Dr. Günter Pfauenstiehl.

»Wir sind da«, sagte Nick und klopfte an.

»Ja, bitte?«, ertönte eine dunkle Stimme.

»Grüß Gott, Herr Pfauenstiehl.«

»Polizei? Jetzt bin ich aber baff«, sagte der. »Bitte, meine Herren.« Er verwies die beiden auf die gegenüberliegenden Besucherstühle, deren Sitzpolster aus dunkelgrünem Samt waren.

»Wir haben Sie leider gestern nicht in Ihrer Villa angetroffen. Es gibt nichts Erfreuliches«, sagte Nick.

»Um was geht's?«

»Ich mache es kurz: Ihre Frau Gemahlin wurde gestern umgebracht. Mein aufrichtiges Beileid!«

»Die Kira wurde ermordet? Um Gottes willen.«

Günter Pfauenstiehl saß in seinem schwarzen Ledersessel und blies Nick den letzten inhalierten Zigarrenrauch ins Gesicht, den Nick angewidert von sich weg wedelte. »Wir haben doch schon den nächsten Urlaub in Tansania gebucht ...«, sagte er geschockt. »Safaritour, wie sie es liebt.« Er rammte den Zigarrenstumpf in den Ascher.

»Tut mir wirklich sehr leid, Herr Pfauenstiehl. Wurde Ihre Frau bedroht? Hatte sie Feinde?«, fragte Nick und holte seinen in kaffeebrauner Lederoptik eingebundenen Notizblock hervor, auf dem er sich Stichpunkte notierte.

»Wissen Sie, meine Frau hat gern angeeckt. Aber Feinde?«, sagte Pfauenstiehl und zuckte mit den Schultern. »Das darf alles nicht wahr sein.« Er nahm ein Stofftaschentuch aus seiner Schublade und tupfte sich an den Augen herum. »Furchtbar ist das«, schniefte er. »Einfach furchtbar.«

»Wo waren Sie gestern zwischen 13 und 15 Uhr?«

»Wurde sie da ...?«, schluckte er. »Sie denken doch nicht, dass ich meiner Frau etwas antun würde.«

»Reine Routinefrage«, erklärte Nick.

»Gestern … da war ich den ganzen Tag bei einem geschäftlichen Meeting in München.«

»Kommt Ihnen die bekannt vor?« Nick zückte die Augenbinde und legte sie auf den Schreibtisch.

»Oha. Da schau her.« Der Bürgermeister hob die Maske mit zwei Fingern hoch, als sei es ein schlüpfriges Teil.

»Die haben wir bei Ihrer Frau im Hotelzimmer des Wellnesshofs Feixl gefunden«, erklärte Steinreiter.

»Ich darf es mir gar nicht ausmalen … bei mir hat die Madame die jedenfalls nie getragen«, nuschelte er und warf sie zurück auf den Tisch. »*Princess*. Pffff. So hab ich sie nie genannt.«

»War sie Mitglied in einem Club? Vielleicht in einem anrüchigen?«, fragte Nick und zeigte auf die Maske. »Es scheint eine Verbindung zwischen dem ersten Toten Bauchdrexler und Ihrer Frau zu geben … bei ihm haben wir eine Clubkarte gefunden. Steini, hast du sie dabei?«

Steinreiter fasste in seine Hosentasche und legte die Eintrittskarte vor Pfauenstiehl ab.

»Davon weiß ich nix«, sagte der Bürgermeister. »Darf ich?« Er zog die nächste Zigarre aus einer Box heraus. Nick mutmaßte, dass seine kränklich blasse Gesichtshaut auf das extreme Kettenrauchen zurückzuführen war. Die einen würden es als kalkweiß beschreiben, für Nick war es leichenblass. Als würde der Bürgermeister beim nächsten Zigarrenzug ins Koma fallen. Dann wär's vorbei mit dem Lebemann.

»Aber den Bauchdrexler kannten Sie?«, fragte Nick weiter. »Er war im Rathaus angestellt.«

»Ja, freilich kannte ich den Olaf. Und?«

»Standen die beiden in Kontakt?«

»Nicht, dass ich wüsste. Der Bauchdrexler ist meiner Frau doch gar nicht über den Weg gelaufen. Sie hat sich hier kaum sehen lassen, sondern lieber anderswo das Geld rausgeblasen. High Life rund um die Uhr.« Er legte eine kurze Pause ein. »Die Maske muss für ein anderes Gspusi gewesen sein.«

»Dann wussten Sie von einer Affäre?«, fragte Nick.

»Wie es eben in einer langen Ehe so ist. Nächstes Jahr wärs die Silberne geworden«, druckste Pfauenstiehl herum. »Sie kennen das bestimmt ... in jeder Ehe gibt es Geheimnisse. Früher oder später.« Er stand auf und knöpfte sich das schwarze Jackett über dem dicken Bauch zu. »Aber geaalt hat sie sich gern auf der Sonnenseite des Lebens. Auf meiner Yacht und überhaupt. Die verwöhnte Kira.« Pfauenstiehl biss die Zähne aufeinander. Scheinbar hatte die Ehe in den letzten Jahren ein paar Risse bekommen, die auch er nicht mehr verleugnen konnte.

Nick dachte an seine eigene Ehe mit Ilse. Noch nie hatte er an Ausflüge in fremde Betten gedacht. Das konnte er schwören. Und so meinte er es auch bei Ilse zu wissen, oder hoffte es zumindest. Trotz aktueller Flaute und der gepfefferten Sprüche. Insgeheim war er ein Kämpfer und hoffte, dass es bei ihnen bald wieder einen Aufschwung geben würde. Eben wie bei einem guten Rotwein eines alten Jahrgangs.

Je älter, desto lieber.

Nick ließ seinen Blick durchs Büro schweifen. Am Schreibtisch standen eingerahmte Bilder von Reisen ans Meer, teuren Autos und sogar dem von Pfauenstiehl erwähnten Schiff. *Der Donald Duck aus Dacklrain. Hobby: Anderen Leuten seinen Reichtum zeigen und diesen bis ans Lebensende bunkern.*

»Finden Sie den Mörder meiner Frau«, schimpfte Pfauenstiehl und riss Nick aus seinen Gedanken. Der Bürgermeister quetschte die nächste Zigarre in dem edlen mokkafarbenen Aschenbecher vor ihm aus. »Er muss dafür büßen.«

»Hat Ihnen der Bauchdrexler irgendwas von diesem Club erzählt? Möglicherweise vom Geschäft seines Lebens?«, fragte Nick weiter.

»Der Olaf war ein Einsiedler, ein ruhiger. Der hat gern allein im Büro vor sich hingearbeitet und hat auch nicht viel erzählt. Nur, wenn man ihn genau danach gefragt hat.«

»Herr Pfauenstiehl?« Die Sekretärin klopfte an der Tür und kam mit samtgrauer Bluse und schwarzem Minirock hereinstolziert. »Der Vorsitzende vom Sportclub Dacklrain ist in der Leitung. Darf ich durchstellen?«, hauchte sie.

»Ach, natürlich, der Termin.« Pfauenstiehl schlug sich auf die Stirn. »Und, Susi, nehmen Sie das gleich mit, wenn Sie schon hier sind.« Pfauenstiehl überreichte ihr ein unterzeichnetes Dokument, wobei sich ihre Finger berührten und er zärtlich ihre Hand tätschelte. Dann wanderte er zurück hinter den Schreibtisch. »Meine Herren, ich muss wieder an die Arbeit … die Pflichten warten, wenn Sie verstehen …« Pfauenstiehl wischte sich die Haare zurecht. »Darf Sie meine Sekretärin hinausbegleiten?«, fragte er und setzte sich wieder in den Sessel.

»Wir finden selbst hinaus«, sagte Nick. »Ich muss Sie darauf hinweisen, Dacklrain nicht zu verlassen, solange der Mord an Ihrer Frau nicht geklärt ist. Sie müssen uns für weitere Fragen zur Verfügung stehen.«

»Wenn's unbedingt nötig ist.« Pfauenstiehl nickte und nahm das Telefongespräch an. »Grüß dich, Karli. Steht unser Treffen morgen? … Was denkst du denn? Unsere 1.050–Jahr-Feier wird der Knüller«, hörte Nick die ersten Worte des Bürgermeisters. Dann wandte er sich ab und verließ mit Steinreiter das Gebäude.

»Was hältst du von ihm?«, fragte Steinreiter. »Glaubst du, er hat seine Frau umgebracht?«

»Möglich. Hast du mitbekommen, wie er die Sekretärin angesehen hat?«

»Ist mir nicht entgangen.«

»Wir sollten das Alibi überprüfen lassen. Allzu niedergeschlagen wirkte der jedenfalls nicht.«

Nick setzte sich ins Auto. Aus dem Augenwinkel sah er einen Menschen, der sich hinter dem cremefarbenen Vorhang eines Fensters bewegte und sie vom zweiten Stock aus beobachtete. »Schau nur. Ich tippe auf den Bürgermeister, der sich vor uns versteckt«, murmelte Nick und hob grüßend die Hand in den Himmel. Die

Person fühlte sich offenbar ertappt, trat hinter der Gardine hervor und winkte ihnen zurück. »Hab ich's dir nicht gesagt? Der Pfauenstiehl ist nicht astrein, sag ich dir. Mir schwant nichts Gutes.« Nicks Telefon schellte in seiner Hosentasche mit einer gefühlten Dringlichkeit. *Die schon wieder.*

»Nick? Ich hatte einen Geistesblitz«, schnaufte Ilse. »Das Treffen von der Kira sollte in der Bachwurmstraße stattfinden. Kennst du die?«

»Ja, freilich kenn ich die.«

»Die war's todsicher. Hausnummer 4. Nimm die mal unter die Lupe. Schaden kann's nicht.«

»Ilse. Du bist eine Wucht.« Nick wusste wieder, wieso er sie einst geheiratet hatte. »Die Wellnesstage allein scheinen dir gut zu bekommen«, sagte er zu seiner Frau und legte auf.

»Wir müssen los.« Er drehte den Kopf zu Steinreiter hin. »In die Bachwurmstraße.«

»Was soll da bitte sein?«

»Das werden wir gleich herausfinden. Ich vertraue dem Riechkolben meiner Frau, sogar, wenn er schief geraten ist.« Nick lächelte. Er hatte wieder allen Grund dazu. Dann ließ er den Motor an und dampfte mit Steinreiter davon.

Da is ja der Hundling. Lieselotte saß in der Lobby, versteckt hinter einem in kalt-weißem Licht erstrahlten Weihnachtsbaum, und schob einen dicken Tannenzweig samt roter Weihnachtskugel zur Seite. Mit der anderen freien Hand knüllte sie die morgendliche Hauszeitung zusammen. *Auf dich hab ich gewartet, du gscherter Hund.* Eben hatte sie ihren neuen Spezl, den Hutmann, wieder erhascht, der geschwind an ihrem Platz vorbeigelaufen war und mit dem sie noch ein Hühnchen zu rupfen hatte, seit dem feindseligen Zungenattentat. *Was hat er's denn immer so wichtig, ha?* Bewaffnet mit ihrem uralten, hölzernen Gehstock *Ludwig* stand sie von ihrem Platz auf und hängte sich an seine Fersen. Den *Hacklstecker* brauchte sie zwar nicht in der Praxis, doch er war für sie eine optimale Tarnung. Ihre Waffe, mit der sie im Fall der Fälle zuschlagen konnte und die für sie weitaus effektiver war als Pfefferspray. »Na, wart. Tratzen lass ich mich ned.«

Der Hutmann bog nach rechts ab, in Richtung Frühstückssaal, und Lieselotte stakste wie ein junger Storch hinterher. Geistiger Natur. Körperlich brauchte sie ein wenig länger. Da war er wieder. Der Hutmann blieb auf halber Strecke stehen und holte etwas aus seinem Aktenkoffer. Zettel und Stift. Dann tauchte aus der Ferne ein dicker, kleiner Polizeibeamter auf und lief auf den Hutmann zu.

»Ah, ge, da schau her, eine Befragung«, vermutete Lieselotte. »Hab ich's doch gewusst, dass der Dreck am Stecken hat.«

A Hundling is a Hundling und bleibt a Hundling.

Sie zwickte, so fest sie konnte, ihre Glubscher zusammen, um das winzige Namensschild des Polizisten zu erkennen, aber sie war zu weit entfernt. Lieselotte schlich sich näher ran, um etwas vom Gespräch verstehen zu können, ohne dabei geradeaus zu schauen.

»Herrschaft. Pass doch auf, du Hanswurst«, schimpfte Lieselotte. Jemand hatte sie angerempelt und ihr wuchtig mit dem Ellenbogen in die Rippen gestoßen. »Ja varreck.« Lieselotte sah verdutzt auf. Das spitzbübische Gesicht kannte sie doch. »Maxl? Was machst denn *du* da?«, stieß sie hervor.

»Ja, Oma, dich wollte ich grade besuchen«, sagte er.

»Schleichst mir doch nicht nach?«

»Ah, ge, Oma. Wie kommst denn darauf? Wollte nur mal nach dir schauen, Herumtreiberin. Was hast denn für einen roten Kopf? Geht's dir nicht gut?«, sorgte sich Maxl und zupfte sich eine kleine Feder von seinem rotweiß karierten Hemd, die vermutlich vom letzten Stallbesuch hängengeblieben war. »Schau, die Schicksi hat die Mauser«, sagte er und hielt das Souvenir in der Hand fest. »Ich war gleich in der Früh in deinem Stall und hab sie gefüttert.«

»Du, jetzt hab ich überhaupt keine Zeit. Mir pressierts.« Lieselotte wehrte ab und schielte mit einem Auge auf den langen Gang. *Wo sind's denn so schnell hin?*

»Was ist denn los?«, fragte Maxl und zog die Augenbrauen nach oben. »Du bist ja ganz durch den Wind.« Aber Lieselotte hetzte von ihm weg. Anstatt sich weiter mit ihrem Enkel zu unterhalten, beeilte sie sich lieber, dass sie den Hutmann noch erwischte, und stelzte den Flur entlang.

»Himmelherrschaft«, fluchte sie, als sie um die nächste Ecke des Hotelflurs bog. Der Mann war weg, samt Polizisten. Und Maxl jetzt auch, wie sie schnaufend beim Zurückgehen auf halbem Weg feststellte. *Typisch.* Wieso mussten ihr in letzter Zeit alle Leute im Weg stehen und sie bei ihrer Recherche behindern?

Jetz is eh scho wurscht. Sie latschte nochmals an jene Stelle vor, an der sie eben den Hutmann aus den Augen verloren hatte, und blieb verwundert stehen. *Ja, was is denn des?* Lieselottes Augen blitzten wie die einer Elster, die gerade aus dem Nichts einen leuchtenden Diamanten entdeckt hatte. Nur war es in ihrem Fall kein Schmuckstück, das sie erspähte, sondern ein Koffer, der verloren an der Glastür vor dem Frühstückssaal stand. Sah aus wie der Lederkoffer des Hutmanns. Hatte er ihn bloß aus Versehen wegen der Befragung vergessen? *Gleich wird er ihn suchen kommen.* Lieselotte witterte ihre Chance, packte den Koffer und stahl sich davon. Doch anstatt mit dem begehrten Ding auf ihr Zimmer zu verschwinden, eilte Lieselotte auf direktem Weg zu Lexi an die Rezeption und stellte das Objekt der Begierde am Tresen ab. »Schau her, Mädel, was ich von dem Gspinnerten gfunden hab.«

»Sie haben den Koffer geklaut?«, fragte Lexi.

»Ah, ge. Klaut is was anderes. Der war lose rumgstanden. Ohne Besitzer. Sie wollen doch a wissen, was da drin is. Geben Sie's zu.« Lieselottes Stimme zitterte vor freudiger Anspannung.

»Ich bin interessiert, ja.«

Lexi lächelte Lieselotte verheißungsvoll an. »Offiziell darf ich das unter keinen Umständen wegen meiner Chefin tun, aber ich halte dicht.«

»Meinens, da is eine Bombe drin? Oder warum lässt der einfach den Koffer stehen?«, spekulierte Lieselotte und schüttelte das Teil. »Für a Handgranate reichts vom Platz her schon.«

»Sie haben zu viele Filme gesehen«, sagte sie. »Machen Sie schon auf. Ich platze gleich vor Neugierde.«

Lieselotte hielt den Koffer an ihr rechtes Ohr und horchte.

»Da tickt nix.«

»Muss es auch nicht«, sagte Lexi. »Da könnte genauso gut eine Briefbombe drin sein. Sobald man den Koffer öffnet, macht es peng.«

Lieselotte riss die Augen weit auf. »Ja? Meinens?« Sie stellte ihn auf den Tresen ab, als würde es das Teil in der nächsten Sekunde zerfetzen, und wich misstrauisch zurück.

»Aber das ist wohl zu viel Spinnerei von mir«, entkräftete Lexi den Verdacht. »Vergessen Sie das Hirngespinst bloß schnell.«

»Also gut. Packen wir's an. Aber vorsichtig sind wir trotzdem.« Lieselotte pirschte sich wieder an und stellte den Koffer vor ihr auf. Sie klickte auf die beiden silbernen Öffnungen und watschelte, so schnell sie konnte, zurück in den Lobbybereich. Demonstrativ hielt sie sich die Ohren zu. »Ha?« Lieselotte horchte auf. »Explodiert is scho mal nix.«

»Hab ich Ihnen ja gesagt.« Lexi hatte sich vorsichtshalber trotzdem hinter der Zwischentür verschanzt und latschte ebenso auf den Koffer zu.

»So, jetz bin ich aber gespannt.« Lieselotte rieb sich die Hände und lugte hinein. »Nur a Zettel is drin«, sagte sie, klappte ihn auf und las deutlich vor.

»Neugierige bestraft das Leben.« Sie senkte das Blatt wieder. »Ah, ge, so a Schmarrn.«

»Was?«, fragte Lexi irritiert nach und starrte auf den Wisch. »So eine Verarschung.«

»Na, Schikane is des. Was für a Hirsch«, sagte Lieselotte. Die Enttäuschung war ihr ins Gesicht geschrieben. Nicht nur, dass er sie mit dem Zungenattentat verhöhnt hatte. Jetzt trieb der Hutmann auch noch Schabernack mit ihr.

Lexi schielte auf den geöffneten Koffer. »Und sonst nichts?«, fragte sie. »Der ganze Aufwand umsonst?«

»Schauens doch selber.« Lieselotte schob ihr das Teil direkt unter die Nase.

»Hmmm.« Lexi zog einen Papierschnipsel heraus, der unter einer zweiten Abdeckung klemmte. Offenbar ein Überbleibsel eines zerrissenen Briefes. »Verdienst gesucht … nähere Infos … Tel«, nuschelte sie.

»Ah, ge? Was für a Verdienst? Was meinen's, heißt des?«, fragte Lieselotte.

»Ich hab keinen blassen Schimmer.«

»Na ja, ich komm ihm schon auf die Schliche«, sagte Lieselotte. »Aller guten Dinge sind drei.« Sie hob drohend ihren Zeigefinger in die Luft.

»Was haben Sie vor?«, fragte Lexi.

»Abwarten, Mädel. Abwarten.«

»Was is des?« Die Hotelbesitzerin Feixl tauchte schick gemacht mit hellblauen Kostümchen und Namensschild hinter den beiden auf und deutete auf den Koffer.

»Den hat ein Gast verloren.«

»Genau, *verloren*«, betonte Lieselotte.

»Dann muss ma sofort den Besitzer suchen. Wieso wurde der überhaupt geöffnet?« Anni Feixl klappte den Koffer schnell zu und nahm ihn unter ihre Fittiche. »Wir haben einen Ruf bei unseren Gästen zu verlieren. Diskretion, Alexandra«, ermahnte sie mit einem Fingerzeig. »Wenn des jemand mitbekommen hat …«

Ein Mann mit dreckigen Stiefeln, an denen Krautreste hingen, kam durch den Hintereingang durch die Lobby herein und schrie mürrisch zur Feixl: »Wo bleibt mei Mittagessen? Mich hungert's wie a Sau.«

»Putz dir doch die Stiefel ab, bevor du hier reintrampelst. Du erschrickst ja unsere Gäste.«

»Du ge! Pass bloß auf«, schimpfte er. »Ich muss gleich wieder zum Krauteinschneiden und kann mich ned wegen jedem Scheißdreck umziehen. Ned einmal a Nudelsuppn steht auf dem Tisch.«

»Franzl, wart halt ein bisserl. Ich bin gleich da.« Anni Feixl verdrehte die Augen. »Jetzt muss ich mich schicken. Wenn der mal hungrig ist, kennt er kein Erbarmen«, flüsterte sie zu den beiden und rannte mit dem Koffer aus dem Hotel.

»Und futsch ist er.« Lexi presste die Lippen aufeinander. »Echt schade.«

»Na ja, was soll's?«, entgegnete Lieselotte. »Wie gewonnen, so zerronnen.« Sie öffnete ihre breite, am Hinterkopf fixierte Haarspange und wuschelte sich durch ihr schulterlanges, buschig-weißes Haupt, das sie heute wie ein Kratzbesen wirken ließ. »Aber Mädel, nicht verzagen. Lieselotte fragen.«

Sie drehte sich um und wanderte mit dem dunkelbraunen *Ludwig* und explodierter Frisur durch die Lounge davon.

7

Die Seele frisst dich auf und bettelt um Erlösung

Kurz vor der hereinbrechenden Abenddämmerung hetzte Lexi durch das dunkle Waldstück. Ihre Knie fühlten sich an, als würden sie jeden Moment unter ihr wegknicken, und ihr fiebriges Hirn, als würde es aus ihr herausfaulen. Lexi fühlte sich ganz und gar nicht mehr in Hochform. Scheinbar war es doch keine gute Idee gewesen, nach Schichtende hierherzukommen – zurück zu jener Hütte, die sie entdeckt hatte, die sie fesselte und die ihr gleichzeitig Angst einjagte.

Niemand wusste, wo sie steckte. Nicht einmal Justus. Nicht mal sie selbst.

Sie wusste nur, dass sie schon wieder im Funkloch festhing. Ihr lief die Zeit davon, denn schon bald würde die Sonne vollständig untergehen.

Sie schlich zur Hütte und stellte fest, dass es im Inneren dunkel war. Kein dumpfes Licht wie letztes Mal. Sie knipste ihre Taschenlampe an, stellte sich auf Zehenspitzen und leuchtete durchs getrübte Fenster hinein.

Scheint leer zu sein.

Dann strahlte sie wieder den Spruch an. *Die Guten und die Bösen …* jenen Satz, wegen dem sie ihren ganzen Mut zusammennahm und der sie nicht mehr losließ. Sie verrenkte sich unnatürlich mit ihrem Oberkörper, um den Rest mit der Taschenlampe zu erkennen.

… muss man trennen.

Was? Sie las den Spruch abermals.

Die Guten und die Bösen muss man trennen, polterte es ihr durch den Kopf.

Von was trennen? Von ihrem Kopf? Der Kopfmörder?

Aber was war mit der Pfauenstiehl, die in der Badewanne ertränkt worden war? Fielen die Pfauenstiehl und der Bauchdrexler in die Kategorie *Böse*, weil sie einem Sadomaso-Club angehörten und ihre Neigungen auslebten?

Ein Lichtstrahl traf Lexis Augen, die sich flugs hinter dem Fenster duckte. In das Waldstück bog ein olivgrüner SUV und hielt seitlich an der Hütte an. Lexi beobachtete, wie ein Mann mit Sonnenbrille und tief ins Gesicht gezogener grauer Wintermütze ausstieg und die Hütte aufsperrte. Auch die Beifahrertür öffnete sich zaghaft. Er war nicht allein gekommen. Lexi beobachtete eine junge Frau mit schwarzem rückenlangem Haar, die aus dem Wagen stieg und ihm gemächlich hinein folgte. Wieso zog sie ihr rechtes Bein nach? War es gebrochen? Die Frau wirkte auf Lexi ausgezehrt und angeschlagen, ihr Gesicht war knochig und eingefallen.

Eine kränkelnde Magersüchtige.

Lexi kniff die Augen zusammen und versuchte sein Gesicht zu erhaschen, aber es gelang ihr nicht. Bevor sie irgendetwas erkennen konnte, schloss sich die Tür hinter den beiden.

»Hilfe, lasst mich los«, schrie eine Frauenstimme hinter den geschlossenen Wänden.

Lexi zuckte zusammen. *Geht der Psychoterror wieder los?* Ihr wurde heiß und kalt. *Was geht hier vor? Häusliche Gewalt an Frauen?*

Sie schlich um die Hütte herum und suchte nach einer weiteren Möglichkeit, einen Blick hineinwerfen zu können. Durch eine Ritze konnte sie von einer anderen Richtung aus in die Hütte sehen. Lexi erspähte einen kleinen Monitor, der irgendeinen Film abspielte. Eine schwarzhaarige Frau, die verzweifelt schrie, angekettet in einer schwach ausgeleuchteten Kammer. Dieselbe Frau, die zuvor in die Hütte gehumpelt war.

Seine Gefangene? Wieso schrie sie dann nicht jetzt um Hilfe?

Das Bild wurde unterbrochen, da der Mann plötzlich die DVD wechselte. Lexi zwickte die Augen zusammen. Kurze Sequenzen später quiekten Tiere auf dem laufenden Bild. Affen und Hunde, die qualvolle Laute von sich gaben.

Großer Gott. Sie starrte weiter gebannt durch die Luke.

Lexis Herz pochte. Sie musste Hilfe holen. Sofort. Vor ihren Augen gab es einen Geisteskranken, der Leute und Tiere fesselte und brutal quälte.

Sie nahm ihr Mobiltelefon heraus. *Dieses scheiß Funkloch macht mich wahnsinnig.* Sie konnte weder eine Nachricht abschicken noch irgendjemanden telefonisch verständigen.

Scheißegal wie, sie musste an diese Filme kommen. Die Filme eines Schwerverbrechers. Aber vorerst filmte sie die Szenen mit ihrem Handy ab.

Ruckartig schlug die Tür auf. Der Mann verließ Hals über Kopf die Holzhütte.

Das ist deine Chance, fuhr es in Lexi. Wie vom Blitz getroffen rannte sie durch die halb geöffnete Tür hinein und versteckte sich zwischen zwei großen Möbelstücken. Sie hörte, wie der Mann zurückkam und die Holztür knarrend aufklappte. »Sara, wo bleibst du?«, schrie er das Mädchen an. »Komm endlich.«

Diese Röhrenstimme kenne ich doch. Lexi durchfuhr ein eiskalter Schauer, der ihren ganzen Körper mit Gänsehaut bedeckte. Sie robbte ein Stück weiter vor, um freie Sicht auf das Mädchen zu bekommen.

»Bist du sicher, dass wir das tun sollten?«, fragte dieses.

Lexi gelang es, unbemerkt an der Rückwand der Möbel entlangzukriechen. Sie konnte direkt auf das Mädchen sehen, das in der hintersten Ecke der Hütte stand und die Hände unter den Ärmelenden ihres grauen Strickpullovers vergrub.

»Was ist, wenn uns was passiert?«, hauchte das Mädchen.

»Hast du alles vergessen? Wir müssen. Sieh dich an, was aus dir geworden ist. Für wen mache ich diesen Kack sonst?«

»Und was ist, wenn sie mich finden?«, fragte sie. »Die sind gemeingefährlich.«

»Wovor hast du Angst, Sara? Die Scheiße hast du längst hinter dir«, nuschelte der Mann und zeigte auf ihr Bein. »Außerdem weißt du, wie er tickt. Er kann so etwas.«

»Und was, wenn nicht?«, fragte sie angsterfüllt.

»Du hast mitgekriegt, was er schon getan hat, oder?«

»Ich sollte mich lieber verstecken.«

Das Mädchen verkroch sich plötzlich hinter einer kleinen Couch. So nah an Lexi, dass sie ihren hitzigen Atem wahrnehmen konnte.

Muss das sein? Ausgerechnet … Lexi schwitzte Angstperlen, die ihren eigenen Geruch in die Luft absonderten. Ihr Angstgeruch, der sie jederzeit verraten konnte und der wie auf Knopfdruck aus den Poren schoss. Lexis Panikknopf.

»Verkriech dich am besten dein ganzes Leben lang, dann wird es nicht besser«, schimpfte er. »Im Gegenteil, *so* wirst du böse enden.«

»Ich will es ja nicht …«, sagte sie leise. »Ich habe nur eine riesige Angst.«

»Wieso musst du auch so naiv in der Birne sein? Völlig leichtgläubig in etwas hineinrauschen.«

»Ich dachte, es könnte mich weiterbringen. Eine Sache, die mir großen Spaß macht und auch Geld einbringt. Mein erster richtiger Verdienst. Aber das verstehst du nicht.«

»Wenn du vorsichtiger gewesen wärst, wäre das nie passiert.«

Das Mädchen schluchzte. »Schon zu spät. Ich kann es nicht mehr ändern. Ich wünschte, ich könnte es, dann wäre jetzt mein Leben anders. Ohne Schmerzen, ohne Angst.«

»Keine Sorge, Schätzchen. Deine Angst ist bald wie weggepustet. Er wird dich nicht hängen lassen. Das hat er noch nie. Oder etwa doch?«

»Und wieso erreichst du ihn dann nicht?«

»Hör jetzt auf. Morgen könnte alles vorbei sein«, sagte er. »Du musst dich selbst von dem Scheiß befreien.«

»Meinst du, dass ich es tun kann?«

»Wie oft haben wir das Thema schon durchgekaut? In dir steckt mehr, als du denkst.«

»Ich weiß nicht, ob ich *das* schaffe.«

»Klaro wirst du das. Glaub mir, danach fühlst du dich besser. Und jetzt Abmarsch. Wir wollen kein Risiko eingehen.«

Lexi bemerkte, dass die junge Frau zögerte. Sie sah die zierlichen Storchenbeine des Mädchens, die sich nur schleppend aufstellten und dicht gedrängt an ihr vorbei humpelten. Lexi hielt sich die Hand vor den Mund und traute sich kaum, zu atmen. Die Tür fiel krachend ins Schloss. Sie konnte hören, wie der Eingang abgesperrt wurde und sich der Mann und das Mädchen entfernten.

Dann war es still. Und Lexi allein.

Eingesperrt in jener Hütte, vor der ihr graute.

Der Mensch hat keine Kontrolle über das, was Besitz von ihm ergreift. Ein Virus, ein Parasit, der sich ins Ohr gesetzt hat. Festgeklammert, einer Begierde nachzukommen. Etwas, das tief in ihm verankert ist. Befriedigungen und Gelüste, denen er nicht entkommt. Der Virus hat den Menschen in seinen Fängen.

Lexi kniete auf dem Holzboden und drückte den Startknopf der Fernbedienung. Auf dem Monitor lief der vorherige Film weiter, den sie mit offenem Mund verfolgte. Olaf Bauchdrexler, der Enthauptete, schwirrte putzmunter vor ihren Augen auf dem Bildschirm herum.

Was macht er da?

Kein Tageslicht war zu sehen. Nur ein dämmriges Licht, das künstlich in einem ansonsten dunklen Raum erzeugt wurde, in dem er sich aufhielt und aufgekratzt hin- und herlief. Eine Art Keller.

Wie in einem Club.

Dann ging ein Scheinwerfer an. Ein Lichtstrahl, der quer durch den Raum schwenkte und dann den Kopf des Mannes erhellte. Die Kamera zoomte auf sein Gesicht. Bauchdrexler zog die Mundwinkel in die Breite und lachte wie der Teufel höchstpersönlich. Er latschte zu einem Käfig und holte ein braunes Äffchen heraus, das aufgelöst quiekte. Mit beiden Händen packte er das Klammeräffchen und quälte es.

Dieser Perversling.

In Lexi schäumte es. Sie ballte zornig die Fäuste und verfolgte weiter das Geschehen. In ihr stiegen Wut und blankes Entsetzen bei den Szenen hoch. Am liebsten hätte sie das Bild gestoppt und ihn eigenhändig herausgezogen und verprügelt.

»Mach es«, forderte ein Mann hinter ihm, dessen Stimme aus dem Hintergrund drang. »Mach es endlich, oder sollte ich dich statt *Hercules* lieber Feigling nennen?«

Bauchdrexler bückte sich und klaubte einen klobigen Gegenstand auf, der neben ihm auf einem Tisch bereitlag. Mit einem Mal nahm er Schwung und hackte dem Affen blitzschnell den Kopf ab. Ohne Gewissen. Ohne Reue.

»Hast du alles aufgenommen?«, fragte der ältere Herr, auf den die Kamera schwenkte. »Du Idiot. Doch nicht zu mir«, fauchte er und schlug das Aufnahmegerät aggressiv von sich weg.

Lexi war wie in Trance. Sie saß gebannt vor dem Monitor und traute ihren Augen nicht. *Das ist unmöglich.*

Der Film zeigte in kurzen Sequenzen das Gesicht eines Mannes, den sie schon mal gesehen hatte. An irgendeinem Ort. Wenn sie nur wüsste, wo das war. *Wer* er war.

Erst jetzt nahm sie Vibrationen auf dem Boden der Bretterbude wahr. *Was geht jetzt ab?* Sie zuckte und sah aus der kleinen Luke neben sich. Die Hütte hatte sich urplötzlich in Bewegung gesetzt und fuhr mit ihr als blindem Passagier mittlerweile auf einer Landstraße. Der Weg führte direkt durch einen Wald. Lexi erspähte das rückseitige Ortsschild von Dacklrain, das sie als Besucher verabschiedete.

»Auf baldiges Wiedersehen in Dacklrain.«

Scheiße. Was mache ich jetzt? Eine mobile Hütte, in der sie eingeschlossen war.

Ihr Gesicht lief rötlich an vor Angst. Lexi war so in die schockierenden Videoaufnahmen vertieft gewesen, dass sie die Erschütterungen des Holzbodens zunächst nicht wahrgenommen hatte. Ein weiteres Mal starrte sie aus dem Fenster, dann auf ihr Handy, das inzwischen wieder Netz hatte. Schleunigst versuchte sie Justus anzurufen. Zwei Versuche. *Elender verkackter Misthaufen.* Keiner nahm ab. Sie platzte fast vor Verzweiflung.

Lexi hatte Justus versprochen, sich selbst nie wieder in die Klemme zu bringen. Aber es war zu spät dafür, sich zu rechtfertigen oder gar zu schämen. Ihre Knie schlackerten. In welche Bredouille hatte sie sich da hineinbegeben? War sie dem Mörder direkt in die Arme gelaufen? Ein leichtes nächstes Opfer? Lexi tippte eine kurze WhatsApp ein: *Hol mich raus. Hab Mist gebaut. Sitze bei Psychopathen fest.*

Der Wagen samt Hütte hielt quietschend an. Lexi schielte aus der Luke. Sie entdeckte ein dunkles Auto, das den Hügel zu ihnen hochfuhr. In Schlangenlinien. Die aufdringlichen Scheinwerfer tauchten das Ortsschild, das es ungebremst umfuhr, in taghelles Licht. Kurz darauf verstummte der knatternde Motor. Lexi starrte auf das Fahrzeug. Mit Whiskeyflasche in der Hand, eine graue Kapuze über den Kopf gezogen, stieg ein Mann aus und ballte wutentbrannt die Faust. Er nahm einen letzten Schluck Hochprozentiges und warf die leere Flasche ins Gebüsch. Lexi bemerkte, wie er verstohlen lachte und sich auf die Hütte zubewegte.

Lexi duckte sich und sah erregt in Richtung Ausgang. Nur Sekunden später hörte sie jemanden, der die Tür aufsperrte und kraftvoll aufriss. Irgendwer, der mit schweren Schritten immer näher zu ihr in die Hütte kam.

Lexis Puls raste. Sie fühlte ihr pumpendes Herz, das kurz davorstand, in tausend Einzelstücke zu zerspringen. *Klappe zu, Affe tot.*

Lexi drückte sich mit ihrem Körper zu Boden, so gut sie konnte. Dicht vor sich sah sie durch den untersten Möbelspalt auf schwarze Boots mit dicken braunen Lederbändchen, die zügig durch die Hütte stampften. »Was machst *du* noch hier? Wieso gehst du nicht an dein verkacktes Handy?«, hörte sie einen Mann sagen. »Ich habe es mehr als zehnmal bei dir versucht.«

Da war wieder die ihr bekannte Röhrenstimme, die in ihren Ohren vibrierte.

Streng deine grauen Zellen an, Lexi.

In ihr fieberte es, wie am zweiten Tag einer Grippe, die jetzt erst so richtig Fahrt aufnahm. Lexi fühlte sich kränklich erschöpft. Auch die Kopf- und Gliederschmerzen nahmen zu und hinderten sie am klaren Nachdenken.

»Wo hast du dich herumgetrieben?«, fragte die maskuline Stimme weiter.

»War nur ein bisschen Spaß haben, bevor es losgeht.«

»Tickst du noch richtig?«

»Wieso? Hab mich nur warm gemacht für Sara.«

»Mit Schnaps? Ich kann deine Fahne bis hierher riechen.«

»Ist doch egal. Mut antrinken schadet nicht.«

»Seit wann? So was brauchst *du* doch nicht.«

»Was weißt du schon? Ich hab das auch noch nie gemacht«, sagte der andere Kerl. »Es ist eh vorbei.«

»Verdammt noch mal. Reiß dich zusammen«, keifte er. »Hatte ich dir nicht gesagt, dass du dich beeilen sollst? Du bist gleich dran.« Lexi bemerkte, dass die Boots zurück zum Eingang steuerten und der Mann offenbar versuchte, den anderen Kerl wegzuschicken. Sie müsste nur leise ans andere Ende der Hütte kriechen und hinter dem letzten Möbelstück hervorschauen und schon würde sie sein Gesicht sehen können. Endlich wissen, wer er ist.

»Ich mach das, egal wie«, lallte der andere Mann angetrunken vor der Tür. »Die Zuschauer werden hin und weg von mir sein.«

»Ja, ja. Versprich nicht zu viel in deinem Rausch. Konzentriere dich lieber und halte dich bereit. Du bist für die letzte Show eingeteilt. Es muss schnell gehen«, nuschelte die tiefe Stimme weiter. »Los, geh jetzt.«

»Und wieso treibst *du* dich noch hier rum? Warten die anderen nicht schon auf dich?«

»Ich hab nur was Kleines vergessen. Keine Sorge, gleich geh ich rein und halte drauf«, sagte er. »Ab jetzt wird nicht mehr gesoffen, verstanden? Du brauchst einen klaren Kopf.«

Lexi konnte die Antwort des betrunkenen Mannes nicht mehr verstehen, da er sich anscheinend vom Hütteneingang wegbewegte.

»Genau, Sara fährt zurück. Sicher ist sicher. Und dann können wir endlich die Show starten.«

Sie ließ das Gespräch in ihren Ohren nachhallen. Lexi bemerkte, wie der Mann etwas aus einer Schublade nahm, einsteckte und wieder zügig nach draußen verschwand.

Jetzt oder nie! Das war die Gelegenheit, unbemerkt zu entwischen. In die ersehnte Freiheit. Nach Hause flüchten in die sicheren vier Wände. *Zu Justus.* Ihm weismachen, dass die vorherige Nachricht nie passiert war. Dass sie sich ausnahmsweise einen makabren Spaß erlaubt und aus ihren Dummheiten gelernt hatte. Und dann würde sie sich vor allem schleunigst im Bett auskurieren.

Doch stattdessen meldete sich Lexis unersättliche Neugierde, die nicht gestillt werden konnte, in den schrillsten Tönen. *Nichts wie hinterher.* Lexi liebte und hasste ihren Wissensdurst. Ihr Freund und Feind, der ihr schon mal haarscharf das Genick gebrochen hatte. Sie spurtete mit klopfendem Herzen los, in einen gefühlt unheilbringenden Sumpf, der nur ein paar Schritte von ihr entfernt lag.

8

Das Verlangen, das tief in dir schlummert,
holt dich eines Tages ein

Das Licht in den Straßenlaternen war pünktlich um 17 Uhr angegangen und erhellte die gegenüberliegende Seite. Lexi hatte sich in den Sträuchern versteckt und sah auf eine große, längliche Halle mit grau angestrichener Holzfassade und schwärzlichen Dachschindeln. Die Fenster waren mit gusseisernen, breiten Gitterstäben versehen und ähnelten einem Gefängnis.

Populäre Reithalle in Dacklrain steht vor dem Aus, fiel ihr die Headline blitzartig ein. Sie selbst hatte den Artikel vor einigen Monaten geschrieben. Der Besitzer war überraschend pleitegegangen, obwohl dort einige Jahre lang beliebte Turniere stattgefunden hatten. Seit dem Bankrott stand das Gebäude leer und war auf der Suche nach einem neuen Eigentümer, erinnerte sie sich weiter.

Lexi drehte den Kopf. Sie hörte, wie jemand neben

ihr den Motor anspringen ließ. Durch das angegangene Innenlicht im olivgrünen SUV erhaschte sie einen Blick auf das schwarzhaarige Mädchen. Sara saß am Steuer und fuhr samt Hütte los, die mit einer Anhängerkupplung verbunden war. In jene Richtung, aus der auch sie hergekommen war. Nur der dunkle Wagen des Betrunkenen blieb am Straßenrand stehen.

Lexi sah dem Gespann nach, bis es um die nächste Kurve verschwunden war. *Wohin fährt sie? Was hat sie vor? Und ist sie allein?* Lexi hatte keine Zeit, länger darüber nachzudenken, denn der Mann aus der Hütte – der mit den Stiefeln und dem dunklen Mantel – war wieder in Sichtweite. Er überquerte die Straße und lief davon.

Sie beobachtete ihn, wie er plötzlich einen Zahn zulegte und auf die andere Seite der Reithalle wechselte. Lexi bewegte sich hinter dem Gebüsch hervor und hastete ihm nach, bis sie ihn aus den Augen verlor. Sie suchte ihn vergeblich, aber er war von einem Moment auf den anderen verschwunden. Spurlos. Wie vom Erdboden verschluckt.

So eine Scheiße.

Lexi sah sich um und schlich weiter um das rückseitige Gebäude herum. Dort gab es eine Pferdekoppel, die nicht mehr benutzt wurde. Nur ein abgewetterter, gräulicher Anhänger, bei dem der Lack abblätterte, stand verloren in der Wiesenlandschaft. Lexi wandte sich von der Rücksicht ab und schritt direkt auf den Eingang des Gebäudes zu, an dessen rechter Seite sich einige leere Pferdeboxen mit abgestellten Sprung-Hindernissen befanden. Auf der linken Seite fand Lexi eine Eisentür, den zentralen Eingang ins Gebäude, der fest verriegelt war. Oberhalb der Tür schmückte ein bronzefarbener Pferdekopf den Zugang zur Reithalle und verwies auf einen zuvor lebendigen Ort. Nur Spinnweben, die sich wie Kaugummi über die Klinke zogen, zeigten an, dass der Eingang monatelang von niemanden geöffnet worden war. Zumindest schien es so. Lag es an dem *Betreten-verboten*-Schild, das schräg gegenüber der Tür aufgrund einer Kleinbaustelle aufgehängt worden war und Neugierige abschreckte?

Dennoch – dumpfe Geräusche drangen heraus. Aus der Tiefe hallte es von irgendwoher. Hier musste es einen Zugang geben. Aber wo?

Angestachelt von ihrer Neugierde suchte sie weiter. Unermüdlich. Lexi betrachtete die Fenster der Halle und rüttelte kräftig daran. *Bombenfest.* Gab es einen heimlichen Eingang? Vielleicht einen unterirdischen Zugang? Lexi schlich noch einmal um den Bau herum. Sie analysierte mit dem angeeigneten Röntgenblick einer Journalistin jedes Detail des Gebäudes. An einem Fenster fiel ihr auf, dass es mit sechs Gitterstäben besetzt war, die anderen jeweils mit nur fünf. *Club Sechs Stäbe.* Ihr Puls beschleunigte sich. Das musste es sein. Kurzerhand ruckelte sie an den Eisenstäben und bemerkte, dass sich einer davon im Uhrzeigersinn drehen ließ. Ein mechanisches Geräusch setzte ein und ließ Lexi zusammenzucken. Vor ihren Augen fuhr ein Gullydeckel minimal nach oben und schob sich mit einer Halbdrehung nach rechts auf. *Der Zugang.* Jener Zutritt, den sie sich zu finden erhofft hatte – und jetzt darüber erschrocken war.

Lexi beugte sich nach vorn und blinzelte in das schwarze Loch hinein, in dem Sprossen hinunterführten. Kerzengerade abwärts ins Düstere.

Soll ich? Eine Frage, die sie sich im Normalfall nie als Journalistin gestellt hätte. Aber was war schon normal an diesem Tag? Lexi war hin- und hergerissen, in den finsteren Abgrund hinabzuklettern. Aber wenn *sie* es nicht riskieren würde, jetzt, kurz vor dem Ziel, wer dann? Sie schluckte ihre Angst hinunter, die wie ein dicker Knödel in ihrer Brust lag. *Justus killt mich.*

Lexi drehte den Kopf in alle Richtungen. Es war niemand da, der sie entdecken konnte. Sie wischte sich die feucht-schwitzigen Hände an der Hose ab und setzte einen Fuß auf die oberste Sprosse. Lexi registrierte das Zittern ihrer Glieder, aber sie musste es wagen. Sie kam nicht mehr aus der Ermittlernummer heraus. Nur ein Jammerlappen würde jetzt umkehren. Mit beiden Händen umklammerte sie die Kletterstange und stieg ins Dunkle hinab. *Zugang zur Hölle.*

Lexi hörte ein schleifendes Geräusch und schaute nach oben. Der Gullydeckel über ihrem Kopf schloss sich automatisch und nahm ihr den letzten Lichtstreif. Lexis Hände bebten an den Metallstangen. Sie hatte doch nicht etwa ein One-Way-Ticket gelöst? Die Sprossen schienen endlos, an denen sich Lexi vorsichtig hinabhangelte und jede einzelne davon gedanklich mitzählte. *Sieben, acht, neun …* Wo würde sie dies hinführen? War sie auf der richtigen Spur? *Schalt deinen Kopf aus und geh weiter,* feuerte sie sich an und landete nach bangen Minuten auf dem dunklen Grund. In unbekannten Gefilden. Alles um sie herum war in düsteres Licht getaucht. Ein dunkles, stinkendes Loch. Gleich kämen sicher Ratten an ihr vorbeigelaufen. Der einzige Weg weiterzukommen, lag direkt vor ihr. Ein kleiner, beengter Tunnel, der das Ziel nicht erahnen ließ und in den sie gehen musste. *Deine Neugierde bringt dich noch um,* geisterten Justus' Worte durch ihren Kopf. Aber sie hatte keine andere Wahl. Lexis Herz pochte bis zum Hals. Vielleicht war sie zu weit gegangen.

Sie betrat die finstere Röhre, in der sie Graffiti-Schmierereien erahnen konnte, und tastete sich mit den Händen an der kalten, kahlen Wand entlang. Je weiter sie in den Tiefen des Tunnels verschwand, desto mehr konnte sie hallende, verzerrte Geräusche vernehmen. Düstere Stimmen, die ihr entgegen echoten.

Selbst ihre eigenen Schritte lärmten im Tunnel und bescherten ihr ein mulmiges Gefühl in der Magengegend. Als dieser endete, stand Lexi direkt hinter dem abgezäunten Gitter einer kleinen unterirdisch aufgebauten Empore, von der aus sie eine Etage tiefer hinabsehen konnte, in einen großen Raum, der sich auch unterhalb des Tunnels erstreckte. Die Ebenen waren mit einer provisorischen Holztreppe verbunden. Die Decke über ihr war geschlossen, aber Lexi vermutete, dass dort früher die Zuschauer auf der Tribüne saßen und den Reitern samt den Springpferden zusehen konnten. Jetzt war sie ein Geschoss tiefer geraten, von dem sie nicht mal gewusst hatte, dass es existierte. Sie ließ den Blick durch das kellertiefe Gewölbe schweifen. An mehreren Stellen war Kamera-Equipment aufgebaut. Lange Ketten hingen vereinzelt von Holzbalken herunter, als übrig gebliebene, beängstigende Accessoires einer vorangegangenen Party. Offenbar fanden hier irgendwelche heimlichen Drehs statt. Perverse Drehs, die sie nur erahnen konnte.

Drecksspiele.

Lexis Atem fühlte sich rau und hitzig an.

»Sind die Plakate alle abgehängt, Janis?«, fragte eine aggressive Stimme eine andere Person. Die beiden kamen von der hintersten Ecke aus einem Vorhang und tauchten mit einem Wachhund an der Leine auf. »Wir können uns keinen Fehler mehr erlauben.«

»Längst erledigt«, versicherte der andere Mann. »Wir haben genug Bewerber beisammen.«

Lexi duckte sich hinter der Empore. Der Mann mit den Stiefeln, den sie eben aus den Augen verloren hatte, war wieder da. *Ihre* bekannte Röhrenstimme, die sie schon seit Tagen verfolgte und verrückt machte.

Janis, Janis … Wer soll das sein?

Lexi überlegte und hörte weiter den beiden Männern zu.

»Und wie konnte das sonst passieren? Warst du leichtsinnig die letzten Tage?«

»Ich? Nein, wie kommst du darauf?«

»Tja. Irgendjemand hat es herausgefunden. Sag mir, wer? Unser gerissenes, kleines Ding?«

»Ich weiß es nicht, Chef.«

»Hast du schon eine leise Ahnung, wo sie ist? Der durchtriebenen Göre traue ich alles zu.«

»Noch nicht. Aber ich bin dran«, sagte er. »Kann auch sein, dass der Bauchdrexler getratscht hat, kurz bevor er …«

»Ach, der Trottel war zu blöd dafür. Aber er hat viel gequatscht in letzter Zeit, zu viel. Gut, dass er beseitigt wurde. Um den ist es nicht schade. Aber um unsere *Princess*. Sie war mit so viel Leidenschaft bei der Sache. Das kommt selten vor.«

»Du meinst die Pfauenstiehl?«

»Wen denn sonst? Ausgerechnet die war unser bestes Pferd im Stall. Die Zuschauer haben sie geliebt. Mit ihr hätten wir noch eine Menge Kohle gescheffelt.«

Wer ist das, verdammt? Lexi lugte über der Empore hervor und kniff die Augen zusammen. *Dasselbe Gesicht, wie auf der DVD.* Sie kramte in ihren Gedanken, spulte sämtliche Personen ab, die sie kürzlich gesehen hatte und irgendwie in ihrem Gedächtnis zuordnen konnte.

»Vergiss sie. Der neue Kandidat sprengt die Quoten schon jetzt, obwohl er noch nicht mal an der Reihe war. Du wirst sehen, mit dem *Erlöser* geht es wieder steil bergauf. Und gleich findet das letzte Fest statt. Er trifft bald ein.«

»Ach ja, unser Neuling. Bin sehr gespannt, wen du mir da Besonderes aufgetrieben hast, Janis. Das kannst du ja gut«, lobte der eine mit besänftigter Stimme. »Dann hole mit dem *Erlöser* nochmals alles an Einnahmen für uns raus, ist das klar? Ab morgen sind wir hier weg«, sagte der beleibte Mann forsch. »Der Ort wird mir zu heiß.«

»Wann kommt die nächste Lieferung?«, fragte der andere.

»Schon morgen. Wird an unserem neuen Platz abgeladen. Aber das bleibt unter uns, verstanden? Zu hohes Risiko.«

Der aggressiv klingende, füllige Mann trat in das dumpfe Licht der Kamera hinein und wischte sich mit dem Handrücken eine Strähne aus dem Gesicht. Eine dicke, fettige Haarsträhne. Die Geste kam Lexi bekannt vor. Dieses schmierige Fratzengesicht. Entsetzt starrte sie auf den Kerl. Die Glöckchen in ihrem Gedächtnis bimmelten hell und Lexi dämmerte es. Nie und nimmer. Ihr fiel die Kinnlade herunter. Das ist der Kollege von Justus, der gestern mit ihm ins Hotel gestürmt war.

Kriminalkommissar Claudius Klingl wies den anderen Mann, den er mit Janis angesprochen hatte und dessen Silhouette weiterhin im Schatten blieb, mit der Kameraausrüstung zurecht. Lexi war außer sich. Was hatte der Polizeikollege von Justus hier zu suchen? Wieso nannte ihn der andere *Chef?* Und in welchen abartigen Gefilden war sie gelandet?

Lexi musste unbedingt Justus informieren.

Verdammt, wo ist …?

Hektisch tastete sie die gefütterten Innentaschen der Winterjacke ab. Keine Spur von ihrem Smartphone. Wie konnte ausgerechnet ihr das passieren? Wann hatte sie es verloren? Auf dem Weg nach unten? Sie war drauf und dran, nochmals zum Tunnel zurückzulaufen und diesen abzusuchen. Aber dafür hatte sie keine Zeit mehr. Gleich würde irgendjemand aufkreuzen und vermutlich in denselben Zugang wie sie steigen. Der Startschuss für eine Party war längst gefallen. Lexi schluckte die Angst hinunter. Ihr Kontakt zur Außenwelt war abgerissen und sämtliche Fotos und Beweise futsch. Jetzt war sie komplett auf sich allein gestellt.

Hallende Schritte im Tunnel, die immer lauter wurden, dröhnten in Lexis Ohren.

Was passierte gleich? Wer würde im Verlies ankommen? War der *Erlöser* unterwegs?

Dieser Jemand war auf dem Weg zu ihnen. Sein großer, angsteinflößender Schatten zeichnete sich bereits an der nackten Wand im Tunnel ab. Und gleich würde sie heimlicher Gast bei einer unheimlichen Fete sein. Dieser Gedanke trieb Lexi nervöse Flecken ins Gesicht.

9

Deine kranken Fantasien nähren sich durch die Verwirklichung

Lexi hatte sich gerade noch an der Empore auf die hinterste Ecke des Bodens verschanzt, bevor die finstere Person aus dem Tunnel stieg und sie erwischen konnte. Sie hatte sich panisch die Hände vors Gesicht gehalten und nur einen kleinen Windzug bemerkt, den der Mann durch seine Schritte ausgelöst hatte.

»Sind alle startklar? Wir sind gleich live«, rief die dunkle Gestalt namens Janis hinter der Kamera. Lexi hatte sich wieder ans Gitter vorgetraut und beobachtete weiter den Ablauf. Der neue Mann war die Treppe nach unten gelaufen und hatte das Kellerverlies betreten. »Dann Achtung! Drei, zwei, eins. Und … Action«, schrie Janis und gab einen Fingerzeig auf diesen. *Der Neuling.* Sein Gesicht war mit einer schwarzen Maske verhüllt und aus dem Dunkeln bellte ein Hund.

Lexis Augen wanderten nervös hin und her. Sie wusste nicht, wohin sie zuerst schauen sollte, so rasant wechselten sich die Ereignisse ab. Sekunden später schob sich der dunkle Vorhang eines ersten Käfigs auf, hinter dem das kläffende Tier zum Vorschein kam. Ein Labrador, groß gewachsen mit treuem Blick. Sein Fell glänzte golden im Licht des Scheinwerfers.

Sag bloß, das ist der entlaufene Hund des Verwirrten im Wald? Lexi fröstelte. Was sollte das Ganze? Ihr fiel die schmutzige Hundeleine im Wald wieder ein, bevor Zauderer abgedampft war. Wurden Hunde in Dacklrain entführt? Menschen, die Tiere grausam quälten und verstümmelten? Lexi starrte weiter auf das Ereignis vor sich. Der Vorhang eines zweiten Käfigs wurde gelüftet. Eine Frau mit langem, blondem Zopf und schwarzer Augenbinde kauerte in der hintersten Ecke. Winselte vor Angst. Ihr Mund war geknebelt und die Hände rückseitig gefesselt.

»Die User haben entschieden. 79 zu 21 Prozent – dieses Mal war es eindeutig«, tönte Klingl aus dem Hintergrund. »Hol die Frau.«

Die linke Käfigtür öffnete sich mit einem Ruck mechanisch nach oben.

»Schräger Scheiß!«, lachte er. »Jetzt hast du die Ehre.«

»Ich kann das nicht«, sagte der Mann. »Ich hab es mir anders überlegt.«

»Bitte? Du kannst und du wirst«, drohte Klingl. »Die Zuschauer blättern eine Menge Kohle hin. Alles für die Quote.« Er legte ihm ein Stahlseil vor die Füße. »Die

Zuschauer wollen es auf diese Weise. Von dir. Du hast das Potenzial, die Kraft. Denk an das Geschäft deines Lebens.«

Lexi horchte auf. Hatte Hallinger diese Aussage nicht letztens bei der toten Pfauenstiehl erwähnt? Wenn sie nur wüsste, wo sie ihr Smartphone verloren hatte?

»Ich weiß nicht …«, stockte der Frischling.

»Was? Hör ich da richtig?« Klingl legte eine Hand an seine Ohrmuschel. »Was bist du für ein Weichei? Wo ist der *Erlöser*, den kaltblütigen Kerl, den man mir angepriesen hat?«

»Sorry, Mann. Die Nummer ist mir zu hart«, stöhnte er. »Ich will wieder gehen.«

»Oh nein, Freundchen. Du gehst nirgends hin. Du warst mit den Bedingungen bei Janis einverstanden. Entweder du machst es und verdienst dir die fette Kohle, oder du stehst selbst zur Auswahl. Es gibt kein Zurück. Beweise es, dass du zu uns gehörst, zu unserem Team. Dass du die Sehnsüchte mit uns teilst.«

Oh Gott. Lexi stockte der Atem. Sie bekam kaum Luft. Das *Richtfest* war eine Mordsparty, auf der sie gelandet war und die sie mit ansehen musste. *Tod durch Erdrosseln.*

»Okay, okay. Komm runter. Ich mach es ja.« Der neue Mann schritt auf das Opfer zu und trat ins künstliche Licht hinein.

Lexi starrte weiter den Typ an. Er packte das Mädchen am Haarschopf und drehte ihr den Kopf hin und her. Immer wieder. Die Frau zitterte am ganzen Leib. Angstschweiß überzog ihr Gesicht wie eine zweite Schicht und verklebte die langen blonden Haare. Lexi konnte förmlich den Geruch wahrnehmen. Die nackte Angst lag in der Luft. Die ungeschminkte Wahrheit über Menschen, die man hier erlebte. Kranke Gelüste, die diese Typen auslebten und so ihren unmenschlichen Trieben nachkamen.

Der Kerl zögerte, wischte sich mit einer Hand den Schweiß von der Stirn.

Ja, genau, du Penner. Weil dich dein Gewissen plagt, schrie Lexi in Gedanken und starrte weiter auf den Mann.

»Nicht aufhören«, ermahnte ihn Klingl aus dem Hintergrund. »Komm erst gar nicht auf die Idee, Freundchen. Du hast eine Pflicht.«

Lexi sah jemanden, der aus dem Dunkeln von hinten angerannt kam und die Hände nach oben riss. Ein Typ mit *Richtfest*–T-Shirt. In bordeauxroter Schrift, so wie es auf der Eintrittskarte aufgedruckt war.

»Abbrechen«, schrie er aufgeregt zu Klingl.

»Jetzt nicht«, entgegnete der streng.

»Wir müssen. Sorry, Chef. Stoppt die Aufnahme.«

»Zum Teufel, was ist denn? Wir sind mittendrin.«

Aufgebracht flüsterte er etwas in Klingls Ohr.

»Live-Aufnahmen sofort einstellen, Janis«, brüllte Klingl zum Kameramann.

»Wieso das?«

»Frag nicht. Mach schon.«

Lexi sah, wie das rote Aufnahmelicht an der Kamera erlosch und das Teil aus der Richtung weggeschwenkt wurde.

»Sven, wo bist du? Ich brauche dich.«

»Was ist los, Chef?« Ein unbekannter Typ kreuzte von hinten durch den Vorhang auf. Ein schlaksiger Brillenträger der Sorte Bohnenstange, dem Lexi nicht einmal einen Ladendiebstahl zugetraut hätte.

»Spiel irgendeinen Videoclip für unsere Zuschauer ein und halte sie bei Laune, es gibt nur eine kleine Unterbrechung. Und schieb das Mädchen sofort zurück in den Hinterraum. Beeilung.«

»Jetzt? Wieso das denn? Die Quoten springen gerade in die Höhe.«

»Ja, jetzt. Wir haben einen ungebetenen Gast. Jemand beobachtet uns.«

Treibt sich noch jemand Fremdes hier herum?

»Und du, Richi, lauf vor und mach sofort die Schotten dicht«, befahl er dem T-Shirt-Typen. »Niemand von uns verlässt den Raum.« Klingl hob mahnend den Zeigefinger und starrte die Wände an. Lexi konnte hören, wie ein mechanisches Geräusch einsetzte und der Zugang zur Außenwelt verriegelt wurde. Was passierte jetzt?

»Wo bist du?«, rief Klingl dröhnend. »Dein Freund vermisst dich, Lexi.«

Entsetzt horchte sie hinter der Empore auf und bewegte sich keinen Zentimeter vom Fleck. Lexi hielt inne und schloss die Augen. Hatte sie sich das eben eingebildet? Eine Fata Morgana in ihrem Gehirn?

»Leeeeeexiiiii, wir wissen, dass du hier bist. Zeig dich.«

Misthaufen. Woher kannte er ihren Namen? Sie war ihm nie begegnet. Lexis verschollenes Smartphone. Das musste es sein. Justus hatte sicher versucht, sie anzurufen, und jemand hatte das Handy entdeckt. Oder hatte sogar den Anruf angenommen und mit Justus gesprochen?

»Komm raus oder willst du Verstecken spielen?«

Niemand in dem Gewölbe gab einen Mucks von sich.

»Na, schön. Dann suchen wir dich eben.« Eine laute Geräuschkulisse überrollte das unterirdische Feld. »Los, holt sie, bevor die Schlampe uns verpetzt«, hörte sie Klingl rufen, bevor er den Schäferhund von der Leine ließ.

Sie vernahm das aufflackernde Licht einer Taschenlampe, das neben der Holztreppe an den nackten Wänden entlangwanderte und immer näher kam. Ein springender Lichtstrahl, der sie jagte und auf der Suche nach ihr war.

Mach was! Ihr Herz pochte wie verrückt. Lexi drehte ihren Kopf in alle Richtungen. Wohin könnte sie fliehen? Ihr blieb nur eine einzige Möglichkeit. Sie rannte verstört von der Empore weg und versuchte dabei möglichst leise zu sein. Auf dem Rückweg kurz vor dem Eingang des Tunnels erhaschte sie eine kleine dunkle Abzweigung. Eine enge Luke, durch die sie sich mit ihrem schlanken Körper durchquetschen konnte.

Scheiße. Eine Sackgasse.

Die Gabelung hatte sich als drei Meter tiefes Loch entpuppt, in dem sie festsaß. Lexi verspürte Heidenangst. Sie warf sich auf den Boden und hoffte, dass das Mordsgewitter über ihr hinwegziehen würde. Lexi drückte die linke Wange fest auf den staubigen Untergrund.

Sie presste eine Hand vor den Mund und verhielt sich mucksmäuschenstill. Nur ihr Puls gab rasende Schläge von sich, die sie verraten konnten. Lexi nahm Klingl und seine Kumpanen wahr, die umher hetzten und auf der Suche nach ihr waren. Auf mörderischer Suche. Wie käme sie hier raus? Panisch überlegte sie, sich wieder aus dem Loch herauszuwinden und rannte gedanklich zum Eingang zurück. Vielleicht wäre der Zugang doch nicht verschlossen worden? Eine glatte Lüge, die man ihr auftischte, damit sie erst gar nicht in Versuchung kam?

Mit einem *Grrrrr* bohrte sich eine feuchte Schnauze durch das kleine Guckloch vor ihr und fletschte mit den Zähnen. »Hau ab«, zischte sie leise. »Los, verpiss dich.« Durch die winzige Lücke sah sie, dass sich der Schäferhund zurückzog und von ihr weglief. *So ist es gut.* Sie hörte die Typen, wie diese an ihrem Versteck vorbeiliefen. Ein kleiner Hoffnungsschimmer flammte in ihr auf. Vielleicht kam sie noch unbeschadet hier raus. Lexi hob das Gesicht ein paar Zentimeter vom Boden ab und stemmte die Handflächen rechts und links in Höhe des Halses auf. Zeit, um sich aufzurappeln und aus der Kluft zu türmen.

»Na, sieh mal einer an.« Ein Lichtstrahl blendete nur Sekunden später ihre Augen. Klingl riss die Abdeckung weg und packte sie schroff am Oberarm. »Da haben wir ja die Schnüfflerin vom Dienst. Ist mein Hund nicht der Beste?« Er hob ihren Oberkörper mit beiden Händen an und zog sie hervor. Dann warf er sie zu Boden und stellte einen Fuß auf ihren Körper. »Du hast gekriegt, was du wolltest und durftest gratis bei unserer Show zusehen. Und jetzt bist du uns etwas schuldig.«

»Um Himmels willen. Was wollen Sie von mir?«, keuchte Lexi unter der Last seines drückenden Fußes.

»Was ich von dir will?« Er lachte herzhaft und hielt sich eine Hand auf den Bauch. »Dreimal darfst du raten. Die rattenscharfe Freundin eines Polizisten als unser nächstes Opfer. Ich wittere ein Bombengeschäft.« Klingl rieb sich gierig die Hände. »Mal sehen, was du zu bieten hast … schlanke Beine, Möpse, lange Haare. Jackpot! Alles da, was unser Userherz begehrt«, sagte er. »Na, was sagst du, Lexi?«

»Woher kennen Sie meinen Namen?«

»Bin ich nicht gut? Ist bei einem Bullen, der mit seiner Freundin prahlt und gern die Fotos im Revier herumzeigt, nicht schwer herauszufinden. Blöd für dich, dass die Außenkamera dich eingefangen hat. Du warst zu lahm, Schätzchen.«

»Wieso machen Sie das?«, schnaubte Lexi. Sie spürte, wie sie immer weniger Luft bekam.

»Tja. Im Leben gibt es viele faszinierende Dinge auszuprobieren … kannst du dir vorstellen, wie demütigend es ist, immer ein mickriger kleiner Polizist zu sein, den man nicht beachtet? Der nur für die Drecksarbeit zuständig ist? Ein dummer Laufbursche, und nichts weiter.«

»Man hat immer eine Wahl«, keuchte Lexi.

»Richtig. Und das war meine. Einmal habe ich das Sagen bei etwas Großem, und niemand sonst. Ich habe etwas für Menschen ins Leben gerufen, die die abartigsten

Fantasien in sich hegen. Unglaublich, was? Dafür gibt es im Dark-Web einen Markt.« Klingl lachte verstörend. »Tiere oder Menschen. Die meisten davon sind gutaussehende, junge Frauen. Die ziehen einfach am besten. Ich liefere den Leuten vor der Kamera die verlockenden Angebote, aber habe es nicht in der Hand, wer sterben muss. Witzig, oder? Wie beim Roulette, schwarz oder rot. Was darf es sein, Lexi? Zugegeben, es war schon eine geniale Erfindung«, sagte er. »Und jetzt ist es an der Zeit, um dein Leben zu winseln.« Im düsteren Licht winkte er jemanden herbei. »Janis, du bist dran.«

Bevor Lexi wusste, wie ihr geschah, steuerten schwarze Boots direkt auf sie zu. Immer näher. *Schwarze Boots mit braunen Lederbändchen.* Lexis Schädel klirrte vor Angst. *So ein Mist.* Jemand packte sie schmerzhaft an den Schultern und zerrte an ihr. Lexi drehte den Kopf zu ihm hin und erschrak. Für Bruchteile von Sekunden sah sie in ein bekanntes Gesicht. *Der Hutmann.* Er stülpte ihr wortlos etwas über den Kopf. »Bitte lassen Sie mich gehen«, flehte Lexi unter dem Stoff, aber ihre Sicht blieb dunkel. Niemand erhörte sie. Niemand, der sie aus der Misere rettete. Lexi verspürte einen dumpfen Schlag auf den Hinterkopf, ehe sie der Typ in der dunklen Kammer wegschleifte.

10

Nimm deinen Körper gefangen,
und du folterst deine Seele

Der Himmel über Dacklrain war mit dunklen Schattierungen überzogen und wirkte bedrohlich. Schwere graue Wolken, aus denen es erneut kräftig schüttete, nachdem sich kurzzeitig das Wetter beruhigt hatte. Eine von TV-Meteorologen als *Aigidios* bezeichnete Schlechtwetterfront hatte den Ort fest im Griff. Nick sah nach oben und beobachtete das Schauspiel aus dem Autofenster. »Das war's dann wohl«, sagte er enttäuscht zu Steini.

Er hatte sich endgültig vom diesjährigen Winter verabschiedet. Von weißen Flocken, die er so schnell nicht mehr zu Gesicht bekommen würde. Aber auch bei dem scheußlichsten nass-kalten Regenwetter ließ er sich nicht die Laune vermiesen und schon gar nicht von seinen Ermittlungen abhalten.

»Land unter«, sagte Steinreiter und schielte aus der Windschutzscheibe. »Wollen wir noch warten, bis der Regen nachlässt?«

»Ach, ge. Die paar Tropfen da«, sagte Nick und stieg aus dem Dienstwagen, den er seitlich am Eingang der Straße abgestellt hatte. Wenn Nick eines hasste, dann auf etwas zu warten. Er musste an die Eigenschaften seines Vaters denken. Wenn der so zimperlich mit allem gewesen wäre, dann wäre er sicher nie so ein erfolgreicher Ermittler geworden. Die unverfrorene Art war sein Erfolgsrezept. »Jetzt komm«, sagte er zu Steini. »Die Hausnummer 4 ist doch gleich da vorn.«

»Na gut.« Steinreiter stieg aus dem Wagen, spannte einen großen, schwarzen Schirm über die beiden auf und sie latschten die Bachwurmstraße entlang, eine wenig befahrene Kleinsiedlung im Außenbereich von Dacklrain. Sogar bei Touristen war der Fleck nur wenig beliebt, seitdem die Reithalle dicht gemacht hatte. Bis auf die vereinzelten Fachwerkhäuser, die sich in der Straße finden ließen, gab es kaum etwas Sehenswertes zu entdecken.

»Hier ist es«, stellte Steinreiter fest und lugte unter dem Regenschirm hervor. »Hausnummer 4.«

»Ja, schau her, wie schnell wir da waren.«

»Soll ich klingeln?« Aus Steinreiters Haarspitzen triefte es. Trotz Schirm waren die beiden pitschnass geworden, da der Regen durch den kräftigen Wind auch von der Seite kam.

»Warte noch«, sagte Nick. »Erst muss ich was anderes erledigen.«

»Hm? Wo läufst du hin?«

Nick horchte seinem Kollegen nur mit einem Ohr zu und stellte sich am Vorderdach des Hauses unter. Die schwarzen Socken, die er in seinen Sandalen trug, waren wassergetränkt und gaben beim Auftreten quietschende Laute von sich. Selbst im Winter war dieses Schuhwerk für Nick die erste Wahl, auch wenn er dafür nicht nur von Ilse kopfschüttelnd angeschaut wurde.

Er beugte sich hinab. An seinem linken Fuß hatte wieder ein qualvoller Juckreiz eingesetzt. Ohne Vorwarnung schlüpfte er aus den Sandalen, zog seine Socken aus und kratzte sich ungehalten. Nick sah, dass sich nicht nur am Fußrücken, sondern auch an der Sohle rote Bläschen samt schuppiger Haut entwickelt hatten. Die Folge seiner Unvernunft. Im Moment war barfuß für ihn die angenehmere Lösung, wenn es auch wetteruntypisch war. Zumindest war es atmungsaktiv. »Schon besser«, murmelte er, wackelte befreit mit den Zehen und starrte in die Luft. In den Fenstern stachen ihm ein paar Bewohner ins Auge, die ihn hinter den Vorhängen mit verstörten Blicken beobachteten. Nick war sich nicht sicher, ob es hier etwas gab, das die Leute verbergen wollten. Irgendetwas, von dem nur sie Kenntnis hatten. Oder ob es an ihm lag. Welcher Polizist lief schon im Januar barfüßig durch die Gegend, noch dazu im strömenden Nass? Das Wissen seiner Frau in allen Ehren, aber war es diesmal von Nutzen?

»Polizei? Wollen Sie zu mir?«, fragte eine Stimme direkt hinter Nick.

Er drehte sich suchend um. »Ja, das stimmt.« Nick schaute auf einen älteren Herrn, bekleidet in mintgrün-kariertem Pyjama und Schlafmütze, der das Fenster über ihm aufgerissen hatte. Neugierig sah er Nick an und schob sich das letzte Stück einer hörbar knackenden Wiener in den Mund.

»Ist was passiert?«, fragte er mampfend.

»Ein Mord. Die Tote ist Kira Pfauenstiehl und eine Zeugin hat bei dem letzten Telefonat Ihre Hausnummer mitgehört.«

»Meine Hausnummer?« Der Mann riss entsetzt die Augen auf. »Ich habe nichts zu verbergen«, sagte er und wedelte aufgeregt mit den Händen. »Ja, gut. Die ein oder andere Leiche gibt's schon in meinem Keller, aber die hat ja wohl jeder.«

»Wer wohnt noch in diesem Haus?«, fragte Nick.

»Niemand. Ich wohne allein. Nur Babsi, meine Hündin, ist da.«

»Können Sie sich vorstellen, wieso Ihre Hausnummer genannt wurde?«

»Beim besten Willen nicht! Das muss ein Irrtum sein«, sagte er.

»Hm. Ist Ihnen sonst was aufgefallen, was uns weiterhilft? In der Straße hier?«

»Aufgefallen? Eigentlich nicht.« Er kratzte sich an seinem Kinn. »Obwohl …«

»Obwohl?«

»Manchmal, da höre ich Stimmen«, fing der Mann an. »Weiter weg.«

Ja. In deinem Kopf.

»Ganz komisch. Wenn ich spazierengehe mit der Babsi.«

»Und was für Stimmen sind das?«

»Schallende Laute, irgendwo da unten. Dumpfe Geräusche. Aber nur an manchen Tagen.«

»Und wo genau hören Sie die?«, fragte er den Mann weiter.

»In der Nähe der Pferdekoppel, hinter der Reithalle. Aber die ist seit Monaten dicht. Ist das nicht seltsam?«

»Hm, ja. Durchaus«, sagte Nick. »Wir werden dem nachgehen. Danke.« Er gab dem Mann seine Visitenkarte. »Melden Sie sich, wenn Ihnen noch was auffällt.« Er verließ mit Steini das Haus und wechselte auf die andere Straßenseite.

»Was hältst du davon?«, fragte er. »Glaubst du, was er sagt?«

»Ich bin nicht sicher. Klingt jedenfalls sehr schräg. Was wollen wir jetzt machen?«, fragte Steinreiter. »Auf Stimmen warten?«

»Dann können wir bestimmt ein Zelt aufschlagen«, murmelte Nick. »Aber zumindest gehen wir mal in die Richtung, wenn wir schon hier sind.«

»Gegen dich komm ich eh nicht an.«

Sie liefen die Bachwurmstraße weiter, bis sie fast am anderen Ende angelangt waren. Bei der Rückseite der Reithalle angekommen, blieben sie stehen.

»Und jetzt?«, fragte Steinreiter. »Wo sollen wir suchen?«

»Seltsam.« Nick fixierte aus der Ferne einen Gullydeckel und lief auf diesen zu. Eine Pfütze hatte sich über dem Deckel gebildet. »Wieso fließt das Wasser nicht ab?« Er zeigte darauf. »Und was ist das?«

Nick bückte sich und hob ein Mobiltelefon, neben dem überschwemmten Deckel liegend, vom Pflaster auf.

»Das gibt's nicht.« Steinreiter sah schockiert aus. »Das gehört meiner Freundin Lexi.«

»Ge? Bist du sicher?«

»Ganz sicher. Der Sprung an der Seite des Handys.«

Steinreiter zückte sein eigenes Handy und ließ bei ihr anklingeln. »Siehst du?« Verdutzt zeigte er auf das vibrierende Gerät, das durch das viele Wasser keinen erkennbaren Schaden genommen hatte. »Was macht das hier? Wir sollten nach ihr suchen, bevor sie wieder etwas anstellt.«

»Frauen …« Nick rollte mit den Augen und fasste mit dem Zeigefinger prüfend in die kleinen Öffnungen des Deckels.

»Glaubst du, sie ist da drin?«, fragte Steinreiter und runzelte die Stirn. »Lexi? Leeeeeexi?« Er beugte sich über den Gullydeckel und brüllte durch die winzigen Löcher.

»Da kannst du schreien, bis du schwarz wirst.«

»Wieso?«

»Die Lücken sind verschlossen worden. Daher bleibt das Wasser oben stehen.« Nick versuchte mit aller Gewalt den Gullydeckel zu öffnen. »Ja, Herrschaft. Das gibt's doch nicht. Wieso lässt sich der nicht heben?«

»Sag bloß, du willst da runter?«

»Von wollen kann keine Rede sein. Müssen, Steini, wir müssen. Hier ist was faul.«

Steinreiter zog mit aller Kraft mit, aber es gelang den beiden nicht.

»Keine Chance. Hat ihn die Gemeinde verschließen lassen samt der Löcher?«, fragte Steinreiter.

»Warum sollten die so was Hirnverbranntes tun?«, entgegnete Nick.

»Du hast recht. Es stinkt bis zum Himmel.«

»Aber unserem verrückten Bürgermeister trau ich alles zu. Der pfuscht überall mit rein.«

»Wurde sein Alibi schon überprüft?«

»Die Kollegen sind dran«, sagte Nick.

»Hä?« Steinreiter zuckte sichtlich auf. Lexis Handy vibrierte lautstark in seinen Händen. Ein eingehender Anruf wurde angezeigt. Ohne nachzudenken, drückte er auf den grünen Hörer und stellte auf Freisprechen. »Hallo?«

»Wer ist da? Wo ist Lexi?«, fragte die Stimme.

»Lexis Freund, und wer sind Sie?«

»Sieh an, der Polizistenchecker höchstpersönlich.«

»Wer ist da?«, fragte Steinreiter bestimmender nach.

»Na, wer wohl? Lexis Chef. Zauderer. Wir haben Deadline in der Redaktion und ihr verdammter Artikel ist nicht da. Wo treibt sich die verplante Frau schon wieder rum?«, schnaubte er. »Warum geht sie nicht selbst an ihr blödes Handy?«

»Weil wir es gerade zufällig gefunden haben. Sie hat es bestimmt verloren. Hat sie was erwähnt, wo sie zuletzt hinwollte?«, bohrte Steinreiter nach.

»Was heißt verloren? Erst haut sie einfach ab und jetzt dieser Mist. Eine Journalistin verliert niemals ihr Handy«, beschwerte sich Zauderer. »Sie faselte auf einer Sprachnachricht irgendetwas von einem Eingang. Wie war der Name gleich … *Sechs Äste* oder so.«

»Club Sechs Stäbe.«

»Was fragen Sie mich dann? Sie wissen doch Bescheid.«

»Ich weiß nur den Namen. Was genau hat sie draufgesprochen?«

»Nur wirres Zeug. Ein Gullydeckel, bei dem sie hinuntersteigen würde, und dass sie so einen Zugang noch nie gesehen hätte, der sich durch irgendeinen Stab öffnen lässt. Die Frau ist ganz schön durchgeknallt. So wie es sich als Reporterin gehört.«

»Club Sechs Stäbe, sie ist da unten«, schrie Steinreiter aufgeregt zu Nick. »Wir müssen sie finden.«

»Ja, genau. Und zwar schleunigst. Sagen Sie ihr, ich brauch den Beitrag bis spätestens heute Abend. Sonst ist sie gefeuert.« Wutentbrannt legte Zauderer auf.

»So ein Volldepp«, knurrte Steinreiter. »Jetzt weiß ich wieder, wieso ich den so hasse.«

»Lass dich nicht ärgern«, sagte er. »Aber hab ich's nicht gesagt, dass wir hier etwas finden? Auf den Riecher meiner Frau ist Verlass«, tönte Nick. »Los, überprüfen wir das Gebäude.« Nick lief mit Steini um die Halle herum und prüfte die Gegebenheiten. »Die Reithalle hat die Nr. 24, das könnte sogar mit dem Telefonat der Pfauenstiehl übereinstimmen«, sagte Nick. »Vielleicht hat sich Ilse bloß verhört?«

»Der Esel sagte irgendwas von einem Zugang durch einen Stab. Wo soll der sein?«, fragte Steinreiter. »Siehst du etwas?«

»Club Sechs Stäbe, Steini. Schau mal genau hin. Aber ich vermute, Vergleichsbilder sind nicht dein Ding, oder?«, entgegnete Nick und lächelte. »Ich denke, ich weiß, wo es ist.« Er zeigte auf die Fenster vor ihnen. »Sieh dir das an, nur eines hat sechs Stäbe. Hier muss die Pforte sein.« Nick stellte sich vor dem Fenster auf und drehte an allen der sechs Gitterstäbe wahllos herum. Bei einem der Stäbe lärmte ein Geräusch hinter ihnen.

»Das gibt's nicht alle Tage.« Nick zeigte auf den Gullydeckel, der sich nach oben bewegte und im nächsten Moment öffnete. Ihm stockte der Atem. So ein Spektakel hätte er nicht erwartet. Nicht hier in Dacklrain.

»Verblüffend. Wer hat so einen raffinierten Mechanismus angefertigt, und vor allem warum?«

»Wer, warum, das ist erst mal wurscht. Entscheidend ist das *was*«, sagte Nick und starrte ins Dunkle hinab.

»*Was* wir da drin finden, meinst du?«

»Genau. Auf geht's, Steini. Heute siehst du mal den Untergrund von Dacklrain«, sagte Nick souverän, aber im Inneren hatte er gehörig Schiss. Er war angespannt und erregt. So was Seltsames hatte er in seiner Laufbahn noch nie erlebt. Er stieg barfuß die Sprossen hinunter und sah nach oben, da er seinen Kollegen noch nicht entdeckte. »Wo bleibst du? Schwing dich runter.« Nick landete mit den nackten Füßen in einer dunklen Kluft, in der er nicht einmal die Hand vor Augen sah.

Nur das Mobiltelefon leuchtete in seiner Hose auf und vibrierte.

»Hallinger?«

»Wir haben das Alibi von Herrn Pfauenstiehl überprüft. Das Meeting in München hat stattgefunden, aber zwei Tage vor dem Tod seiner Frau. Für den Todeszeitpunkt hat er keines. Obwohl er ziemlich planlos dahergeredet hat.«

»Da schau her«, knurrte Nick. »Dann hat der mich angelogen, der Depp, der blöde. Ich bin mir sicher, dass der was zu verbergen hat.«

»Sollen wir ihn nochmals vernehmen?«, fragte der Kollege.

»Richtig. Nehmt euch den Bürgermeister nochmals zur Brust. Quetscht ihn aus. Vielleicht gesteht er den Mord an seiner Frau ja doch.«

»Okay, geht klar.«

»Bei dem falschen Hund dürft ihr auf keinen Fall lockerlassen. Der kommt schon noch ins Straucheln.« Er legte auf. Vor ihm kam endlich Steinreiter an.

»Ich bin soweit«, sagte er zu Nick und wischte sich durch das durchnässte Haar.

»Dann kann's ja losgehen«, sagte Nick angespannt. Er konnte seinen Puls spüren, der an Geschwindigkeit zugenommen hatte. Gefühlte zweihundert, so hitzig wie es in seinen Adern pochte. Das war das Reizvolle an seinem Beruf. Er wusste nie, wohin seine Arbeit ihn führen würde und was er als Nächstes zu sehen bekam. Und diese Tatsache ließ sein Herz regelmäßig einen

Salto schlagen. In Wahrheit war Nick kein hartgesottener Polizist. Anders, als es sein Vater damals gewesen war, den die Leute im Ort als *eiskalten Hund* betitelt hatten. Ohne mit der Wimper zu zucken, hatte er vor einigen Jahren einen Bankräuber zur Strecke gebracht. Kurzerhand erschossen, bevor der Täter ihn erwischt hätte. Nick schluckte noch immer bei dem Gedanken daran. Vielleicht war er auch nur in die Fußstapfen seines Vaters getreten, um mit ihm mithalten zu können und ihm zu beweisen, dass er auch fähig war. Aber Nick war einer von der Sorte, dem die Pumpe ging und der sich jeden Tag von Neuem für den riskanten Beruf ermutigen musste. Nur zugegeben hätte er das nie. Und schon gar nicht vor Ilse, die von seinem Beruf eh wenig hielt. Oder gar vor Steinreiter, der nur darauf lauerte, ihn eines Tages als Kriminalbeamter zu überholen. Ihn, den Oberhäuptling. Das schmeckte Nick gar nicht.

Er knipste die kleine Taschenlampe an, die nur ein schwaches Licht vorauswarf, und tastete sich die nackten Wände entlang. Dann streifte Nick die Gedanken ab, genauso wie die Zweifel, die ihn bei seinen Ermittlungen behinderten, und schritt in unbekanntes Terrain.

»Und auf was denkst du stoßen wir gleich?«, fragte Steinreiter. Auch er zückte im Düsteren seine Taschenlampe und leuchtete den beengten Tunnel entlang.

»Ich habe keine Ahnung. Sieht jedenfalls nicht nach Kanalisation aus, wie ich es schon vermutet hab«, sagte Nick. »Eher wie ein unterirdischer Weg. Eine Verbindung zu etwas.«

»Und wieso dann der Gullydeckel?«

»Als Attrappe für Ahnungslose, wie wir es waren. Ein geniales Versteck für Verbrecher«, sagte er. »Hoffentlich finden wir deine sensationssüchtige Freundin.«

»Das hoffe ich auch für sie. Die Herumtreiberin bekommt was von mir zu hören.«

»Ja, mei. So sind's, die Weiber. Wir können sie nicht erziehen wie Hunde«, sagte Nick und lief voraus.

»Mmmhh?« Steinreiter war durch eine eingegangene Nachricht auf seinem Mobiltelefon abgelenkt, die hell aufleuchtete. »Was ... ist *das?*«, fragte er sich selbst und sah auf das Display.

»Steini, was machst du? Wir müssen weitergehen«, schimpfte Nick aus einiger Entfernung. »Hallooooo? Wir könnten jederzeit auffliegen.« Aber Steinreiter reagierte nicht. Er blieb stehen und sah wie gefesselt auf das Handy.

»Ich habe etwas geschickt bekommen.«

»Was? Von wem? Red schon«, drängte Nick ungeduldig.

»Von unserem Breznsalzer.«

»Klingl?«

»Ja. Etwas, was er uns zeigen will. Beweismaterial.«

»Hmm? Gib mal her.«

Steinreiter lief zu Nick vor und hielt ihm sein Handy mit dem laufenden Bild unter die Nase.

»Ist das nicht ...?« Nick stockte und zoomte das Video mit zwei Fingern näher heran.

»Kennst du ihn?«

»Diese funkelnden Ohrringe da … der sieht ja aus wie der Kollege Braunfelder. Was macht er da? Wieso ist er halb maskiert?«, fragte Nick, obwohl er die einzelnen Sequenzen des Videos genau verfolgte.

»Wonach sieht's denn aus?«, entgegnete Steinreiter. »Er schlägt eine Frau vor laufender Kamera.«

»Das ist unfassbar. Ist der irre geworden?«, entglitt es ihm. »Was ist bloß in ihn gefahren?« Nicks Gedanken wirbelten durcheinander und legten seinen Kopf kurzzeitig lahm. »Wir müssen unseren Chef anrufen. Sofort. Bevor es noch mehr Tote gibt.« Nick fasste in seinen Hosenbund und holte das Mobiltelefon heraus.

»Wo steigst du denn hin? Pass auf«, schrie Steinreiter und deutete aufgeregt auf den Grund.

»Was hast denn?«, fragte Nick. »Steini, ich hab alles im Griff.« Mit einem Mal spürte er, dass der Boden unter ihm nachgab, er mit dem Fuß wegrutschte und dann zu stürzen begann.

»Nick? Alles okay?«, hörte er Steinreiter noch rufen, bevor ihm schwarz vor Augen wurde.

11

Eine Maske verbirgt dein Gesicht,
aber nicht dein Handeln

»Hilfeee, lasst mich raus.«

Lexi schrie sich die Kehle aus dem Leib. Immer wieder. Sie stand am Käfig und umklammerte mit beiden Händen das Gitter. Jemand hatte sie brutal hier hereingeschleift. Lexi fasste sich an den glühenden Kopf, der heftig von einem Schlag pochte. Sie erinnerte sich an die miese Attacke. Der Hutmann hatte sie gepackt und eingesperrt. Er war der Mann mit den schwarzen Boots und der Röhrenstimme. Aber er hatte, anders als im Hotel, keinen Hut getragen, stellte Lexi rückblickend fest. Und wieso nannte Klingl ihn Janis? Soweit sie sich erinnerte, hatte er mit dem Namen *Bastian Karlic* im Hotel eingecheckt. Eine zweite Identität? Ihre Gedanken hüpften wie ein Jo-Jo auf und ab und machten sie rasend.

»Wer ist da?« Jemand kam mit lauten Schritten in ihre Nähe. Lexis Ohren vibrierten vor nervlicher Anspannung. Sie warf sich auf den Boden, robbte in die hinterste Ecke des Käfigs und hielt sich die kaltschweißigen Hände vors Gesicht. Ein Schlüssel wurde umgedreht und die Käfigtür ging quietschend auf.

Lexi schwitzte und zitterte dabei am ganzen Körper. Todesangst überwältigte sie. Sicher würde man sie holen kommen und abschlachten, wie die anderen Gefangenen zuvor. *Das nächste Opfer,* wie Klingl es ihr angedroht hatte. Gleich würde ihr kleines Lichtlein ausgelöscht werden. Ihr winziges, unbedeutendes Leben.

Bitte nicht.

Sie duckte sich weiter nach unten, so als könnte sie der Boden unsichtbar machen. Wegbeamen aus der Unterwelt. Lexi hielt den Atem an. Sie fühlte die Ohnmacht, die wie ein zweiter Schleier über ihr schwebte. Eine erdrückende Schwere, als müsste sie gleich ersticken, als würde ihr jemand den Hahn zudrehen. Sie spürte zwei Hände, die sie kraftvoll unter den Armen packten und zu sich zogen. *Jetzt bin ich tot,* attackierte es sie wie Nadelstiche in ihrem Kopf. Die Person schleppte sie aus dem Käfig. »Lassen Sie mich gehen, bitte«, wisperte Lexi und kniff die Augen fest zusammen.

»Du bist eine von den Guten, nicht wahr?«, fragte der Mann und ließ sie vor dem Käfig los.

Der Hutmann. Stutzig sah sie in das vertraute Gesicht.

Die Guten und die Bösen. Ich dreh durch. Lexis Gedanken fuhren Achterbahn. *Was hat das zu bedeuten?*

»Warum helfen Sie mir?« Lexis Kopfcomputer hing sich auf, verfing sich in einem Gestrüpp aus wirren Gedanken, die keinen Sinn ergaben.

Out of order.

Wieso half er ihr plötzlich? Aus welchem Grund trug er auch jetzt keinen Hut mehr?

»Was … was machen Sie hier?«, flüsterte Lexi nervös.

»Das, was ich tun muss.« Er hielt eine Minikamera fest in seiner Hand und verschwand im Dunkeln.

»Laufen Sie nicht weg«, flüsterte sie ihm heiser hinterher. »Wie komme ich hier raus?« Aber der Mann war schon fortgelaufen.

Lexi stolperte los, weg von dem Käfig, in dem sie gefangen war. Ihre Gedanken sprudelten über. Sie suchte nach einem Fluchtweg und irrte panisch durch die Tiefen des Untergrunds. Lexi lief einen dunklen, schmalen Gang entlang, an dem kleine Tierboxen aufgestellt waren.

»Halloooo, bitte hilf mir«, jammerte eine Stimme. »Warte bitte.«

Wer ist das?

Lexi blieb abrupt stehen und versuchte die Richtung zu orten, aus der die Stimme kam. Von Weitem konnte sie ein heftiges Wimmern wahrnehmen. Das klägliche Weinen einer weiblichen Stimme, die beinahe an ihrem eigenen Flehen erstickte. Lexi wandelte an das Ende des Ganges und schritt auf die Abdeckung eines großen Käfigs zu, von der die bettelnden Laute kamen. »Hallo?«, fragte sie flüsternd und starrte durch einen Spalt in der Plane.

»Hilf mir«, kreischte ein Mädchen. »Mach schnell.«

Das Mädchen mit dem langen blonden Zopf aus dem Käfig, das verschont geblieben ist.

»Bitte, ich flehe dich an.« Sie rüttelte an den Käfigstäben und sprang aufgelöst vor Lexi hin und her.

»Ich helfe dir. Aber wie? Ich weiß nicht, wo der Schlüssel ist. Was machen die mit uns?«, fragte Lexi. »Wie bist du hier reingekommen? «

»Sie haben mich mit falschen Versprechungen gelockt. Ein fetter Aushang an der Uni mit einer guten Verdienstmöglichkeit, bei dem hübsche Kandidatinnen für irgendwelche Live-Shows gesucht werden. Und das war noch nicht mal gelogen«, schluchzte sie. »Ich wollte als Nebenjob nur etwas dazuverdienen und vielleicht ein klitzekleines bisschen bekannt werden. Dann hat die Falle zugeschnappt«, flüsterte das Mädchen weiter.

»Wie?«

»Ich weiß nicht mehr, wie ich hier unten gelandet bin. Als ich aufgewacht bin, war ich ja völlig benebelt. Die haben mich betäubt«, sagte das Mädchen. »Aber ich kann mich erinnern, dass sie mich zur Reithalle herbestellt haben. Es hieß, ich sei in die enge Auswahl gekommen. Ich kann dich nur warnen. Der Mann mit den dunklen Haaren und den schwarzen Stiefeln ist am schlimmsten.«

»*Der* Typ?«, fragte Lexi. »Bist du sicher?«

»Ganz sicher. Bei dem hatte ich auch das Vorstellungsgespräch. Das war in irgendeinem noblen Hotel. Ich hab's gleich ...«

»Wellnesshof Feixl.« Lexi dachte zeitgleich an den verdächtigen Papierschnipsel im Koffer des Hutmannes.

Den zerrissenen Zettel mit dem Verdienst.

»Ja, da war es«, sagte das Mädchen verdutzt. »Bist du Hellseherin?«

»Ich arbeite dort. Hab zufällig gesehen, wie letztes Mal eine Frau zu ihm hereinkam und sie sich wegen eines Castings unterhalten haben. Man braucht nur eins und eins zusammenzählen.«

Der Hutmann steckt mit Klingl unter einer Decke.

»Aber eins verstehe ich nicht. Dieser Mann hat mich eben aus meinem Käfig gerettet, bevor er weggerannt ist«, erklärte sie dem Mädchen. Hatte er sie getäuscht, um ihr Vertrauen zu gewinnen? Aber wieso sollte er das tun? Was hätte er davon?

»Gerettet? Er war es, der mich hergelockt hat. Er hat auch einen Schlüssel. Du musst irgendwie an den kommen. Er verstaut ihn in seinem Hosenbund.«

»Okay, aber zuerst brauche ich einen Plan«, sagte Lexi.

»Bitte beeil dich. Wir haben keine Zeit. Diese Leute haben Spaß am Töten von Menschen und Tieren. Wer drankommt, entscheiden die User. Und die uns abmurksen, kriegen eine Menge Geld durch die Zuschauer, die online dafür bezahlen. Es geht um hunderttausend Euro pro Mord.«

»Woher weißt du das?«

»Hier kriegt man einiges mit, wenn man nicht gleich als Erste an der Reihe ist.« Sie wischte sich mit dem

Handrücken Tränen aus dem von Make-up verschmierten Gesicht.

»Ist das krank.«

»Das Publikum im Netz bezahlt besonders viel für junge und gutaussehende Frauen. Jetzt ist mir auch klar, wieso der Mann dieses Castingfoto von mir angefertigt hat. Wir werden gezielt angelockt und von den Online-Zuschauern ausgesucht.«

»Oh, Gott. Und wo haben sie die Tiere her?«

»Ich weiß nicht, woher die Hunde kommen. Aber die Äffchen sind bei den Zuschauern sehr gefragt. Die kriegen sie von einem Kosmetikversuchslabor geliefert, denen sie offenbar Unsummen Geld dafür zahlen«, erklärte das Mädchen. »Diese Frau mit der Princess-Maske hatte vor drei Tagen ein Tier vor laufender Kamera ertränkt. Sie ist hier sehr beliebt. Man nennt sie die Quotenmacherin.«

Pfauenstiehl! Lexi erinnerte sich an die Maske mit dem aufgedruckten Namen.

»Ertränkt?«, fragte sie nach.

»Ja, es war nicht mit anzusehen. Unerträglich. Das arme Hündchen hat schrecklich gelitten, als sie ihn minutenlang in eine Wanne getaucht hat.«

»Die Frau ist tot. Sie wurde auch in einer Badewanne ertränkt«, erklärte Lexi. »Moment.« Sie trat einen Schritt vom Käfig zurück.

»Was hast du?«

»Bauchdrexler hatte dem Äffchen auf dem Video den Kopf abgeschlagen und auch er wurde enthauptet«, murmelte sie. »Die Täter müssen genauso sterben wie ihre eigenen Opfer«, schlussfolgerte Lexi. »Alle, die hier etwas verbrechen, werden draußen selbst umgebracht.«

»Was?«, fragte das Mädchen verwundert. »Und woher weißt *du* das?«

»Ich habe die Toten gesehen. Den Anblick, wie sie getötet wurden.«

»Oh Gott. Wir kommen hier nie wieder raus«, rief das Mädchen panisch. »Diese Leute sind Monster.«

»Beruhige dich, wir finden eine Lösung.«

»Die anderen haben es auch nicht geschafft …«, stockte das Mädchen unter Tränen. »Nur eine Einzige.«

»Wen meinst du?«, fragte Lexi.

»Eine Frau, von der sie hier reden. Sie konnte fliehen, und jetzt suchen die sie schon seit Tagen. Die Kacke ist am Dampfen.«

Sara. Das Mädchen aus der Hütte. Lexi stieg es heiß und kalt auf. *Sie ist die Frau, die die Hölle auf Erden überlebt hat.*

»Geh jetzt und hol den Schlüssel, schnell. Du solltest verschwinden, bevor …«

»Na, sieh mal einer an. Kaffee für die Damen gefällig?« Klingl tauchte aus dem Nichts hinter ihnen auf. »Die Plauderstunde ist vorbei.« Er stellte sich wie ein Bauklotz auf und stemmte die Arme in die Hüften.

»Habt ihr geglaubt, ihr entwischt mir?«, fragte er. »Wie bist du aus dem Käfig raus? Sag es mir.«

»Der Kerl mit den schwarzen Stiefeln hat mich befreit«, stotterte Lexi.

»Janis? Dass ich nicht lache.« Klingl prustete los.

»Doch. Ich sage die Wahrheit.«

»Den Scheiß kannst du jemand anderes erzählen. Er würde so etwas Hirnrissiges nie anstellen. Janis ist kein Heuchler. Er hat sich bewiesen. Oder glaubst du, er hängt Flugblätter zum Spaß auf und sucht Kandidaten für die Shows, die umgebracht werden? Du bist doch bloß eine Unruhestifterin.«

Mit einem Satz griff Klingl nach Lexi und zog sie an den Haaren davon, zerrte sie zurück zu ihrem Käfig. »Du hast einen entscheidenden Vorteil«, sagte er. »Du solltest dich freuen.«

»Wie meinen Sie das?«, fragte Lexi verunsichert.

»Du darfst bei dem blonden Mädchen zusehen. Weil du unsere Letzte bist. Die Zuschauer werden es genießen. Jede einzelne Sekunde den Augenblick triumphieren.«

Lexi kreischte und schlug wild um sich. »Die Polizei wird Sie erwischen, mein Freund wird Sie eigenhändig umbringen«, drohte sie. »Das schwöre ich.«

»Der Spargeltarzan? Den mach ich kalt, bevor er mit der Wimper zuckt«, erwiderte Klingl unbeeindruckt. »Und jetzt rein mit dir.« Er schob Lexi mit solcher Wucht in den Zwinger hinein, dass sie mit dem Kopf an das hintere Gitter krachte.

»Leute, lasst uns keine Zeit verlieren.« Klingl hob die Hand und winkte seine Helfer heran. »Sven, sie kommt in den großen Show-Zwinger für das Finale.« Lexi rappelte sich auf. Von Weitem konnte sie erkennen, dass das blonde Mädchen von dem Mitarbeiter des Clubs aus dem Käfig geschleift wurde. »Der Neue muss sich beweisen. Jetzt! Oder er muss sterben.«

Lexi fror. Ein Schüttelfrost, der sie am ganzen Körper überfiel. Was hatte sie sich durch ihre Neugierde angetan? Hätte sie nur Justus' Rat befolgt. Wo war er überhaupt? War er auf der Suche nach ihr oder hatte er sie aufgegeben? Lexi konnte noch nicht einmal sagen, ob er ihre Nachricht überhaupt erhalten hatte.

Um sie herum wurde es laut.

»Showtime für den *Erlöser*.«

Lexi schielte auf den neuen Mann. Er wurde für die Showfortführung durch eine geöffnete Schleuse hereingeschickt und stülpte sich erst auf dem Weg hinein die Maske über, kurz bevor die Aufnahme losging.

Das gibt's nicht. Sie hielt sich die Hände vor den Mund. Noch ein Gesicht, das ihr bekannt war. Der Jeansjacken-Heini Pius Wallig aus dem Resort war auch mit von der Mordspartie. *Er ist der Erlöser.* Waren die Gäste aus dem Hotel allesamt zu Monstern mutiert? Seit wann war Dacklrain zu einem Schauplatz für Bestien geworden?

Wallig betrat die hitzige Zone. Er wirkte angespannt und schniefte. Seine Augen wanderten suchend hin und her, so als würde er den Einstieg in den Untergrund bereuen.

»So, zweiter und letzter Versuch für dich«, tönte Klingls Stimme. »Lasst den Käfig herunter. Und bloß kein Mitleid für die Gefangenen. Das letzte Richtfest für heute startet. Das wird der Hammer. Weil es das große Finale ist in diesem Loch.«

Lexi umklammerte die Gitterstäbe und verfolgte gebannt jede einzelne Geste, die sich vor ihren Augen abspielte.

»Achtung … und los geht's.« Klingl gab ein Handzeichen in die Richtung von Sven, der den Zwinger langsam mit einem Seil von oben herabließ. Der Kameramann schwenkte zum Ort des Geschehens und die Aufnahmelampe blinkte rot. Auch Musik wurde eingespielt, deren hämmernder Bass aus den Boxen dröhnte. Sven riss die Abdeckplane herunter.

»Was soll der Scheiß?«, schrie Klingl. »Verflucht, was machst du da oben?«

Lexi blickte verdutzt auf einen Mann, der im Käfig angebunden war, seine Hände und Beine waren gefesselt.

»Mmmmbhhhh«, versuchte er Klingl irgendetwas mit dem geknebelten Mund zu antworten. Richi, der Mitarbeiter mit dem *Richtfest*-T-Shirt, der auf seine Hinrichtung wartete.

»Was?«, fragte Klingl. »Wo verflucht ist das blonde Mädchen?« Er drehte sich suchend zu Sven um. »Was geht hier vor, verdammte Scheiße?«

»Ich versteh das nicht, Chef. Eben war sie noch hier. Ich habe sie eigenhändig für die Show vorbereitet und im Käfig angekettet«, erklärte dieser und zuckte mit den Schultern.

»Und wieso ist sie dann nicht da drin?!«

»Ich weiß es wirklich nicht.«

»Etwas ist hier faul. Ich brauche Janis. Wo ist er?«

»Den hab ich eben noch hinter der Kamera gesehen«, antwortete Sven.

»Such ihn.«

»Was ist los, Chef?«

»Ich sag dir, was los ist, wir haben ein Leck.« Klingls Stirn zeigte Zornesfalten.

»Einen Maulwurf?«

»Ja, das denke ich.«

Er drehte misstrauisch den Kopf. Keine der Gestalten traute sich zu sprechen. Es war so leise, dass man eine Stecknadel zu Boden hätte fallen hören. »Wer ist der Maulwurf? Der Verräter unter uns?« Klingl ging im Kreis mit seinen Händen am Rücken und blieb vor Sven stehen. Packte ihn am Kragen und hob ihn mehrere Zentimeter vom Boden ab. »Du bist es«, knurrte er. »Du bist der elende Maulwurf.«

»Ich? Nein, nein, Chef! Ich schwöre bei meinem Leben! Ich habe nichts damit zu tun.«

»So?« Klingl grinste, stellte ihn wieder auf dem Boden ab und streichelte ihm mit einer Hand über die Wange. Dann ließ er ihn wieder los. »Ich wollte nur hören, wie einer klingt, der die Wahrheit sagt.«

»Du suchst mich?« Lexi sah, dass der Hutmann vor ihnen auftauchte.

»Wo ist das blonde Mädchen?«

»Es ist zu spät.«

»Wofür? Ist sie etwa entwischt?«

»*Du* bist zu spät.« Er packte Sven, stampfte mit ihm auf den Kerker zu und schob ihn zu Richi hinein. Dann ließ er die beiden Gefangenen im Käfig mit dem Seil nach oben schnellen.

»Was geht hier vor?« Klingl riss die Augen auf. »Du bist es! Du bist der verdammte Maulwurf.«

»Die Penner sind nur kleine Fische. Sie interessieren mich nicht. Hauptsache, sie sind aus dem Weg geräumt.«

»Was soll das? Wieso machst du alles kaputt?«

»Was das soll? Ich hab noch eine Rechnung mit dir offen.«

»Was laberst du für einen Scheiß?«

»Erinnerst du dich an Sara?«

»Sara? Welche Sara?«

»Wundert mich nicht, dass du sie nicht mal beim Namen kennst. Du nennst sie nur *Göre*.«

»Ja, und?«

»Sie ist MEINE Tochter. Du Missgeburt!«

»Was redest du für einen dämlichen Mist? Wer bist du?!«

»Mein richtiger Name ist Bastian Karlic. Und meine Kleine war eine deiner ersten Kandidatinnen, die du in deinen perversen Shows umbringen lassen wolltest.«

»Nicht ich wollte das. Die Zuschauer!«, schrie er. »Und dir habe ich blind vertraut. Aber der *Erlöser* wird die Show beenden, so wie es sich gehört. Wir werden das blonde Mädchen finden und dem Publikum vor den Bildschirmen das bieten, wofür sie bezahlt haben.«

»Du bist strohdumm. Nicht auszuhalten.« Wallig lachte laut neben ihnen auf. »Einen Scheiß werde ich tun«, sagte er und drehte den Kopf zum Hutmann. »Hast du, was wir brauchen?«

Der Hutmann schaltete die Minikamera ab, die er unter seinem Mantel hervorgeholt hatte. »Alles drauf«, sagte er und tätschelte behutsam seine Kamera. »Es war nur ein Trick, um dich zu testen, Klingl …«

»Das darf nicht wahr sein. Ihr miesen Verräter. Ihr habt mich angeschmiert«, schrie er. »Aber ihr kriegt mich nicht«, fauchte Klingl und stürmte davon.

»Lauf nur, weit kommst du nicht«, drohte Wallig und lachte. »Schau, was ich habe?« Er zückte einen großen metallenen Schlüsselbund und wedelte damit in der Luft herum. »Jetzt siehst du alt aus, was?«

»Hör zu. Ich bereite sämtliche Dinge vor und du erledigst den Rest. Unser dringlichstes Objekt hält sich im Hotel auf«, sagte der Hutmann zu Wallig. »Und denk dran, nur sie kann sich von ihrer Angst befreien.« Er drückte etwas in Walligs Hand.

»Verstanden. Aber zuerst greif ich mir diesen Drecksack.« Wallig strich sich durch sein Haar und schielte in die Richtung, in die Klingl geflüchtet war. »Ich bring es zu Ende.«

»Ja, aber beeil dich.« Der Hutmann flitzte im düsteren Licht davon, aus Lexis Sichtweite. Und auch Wallig verschwand aus ihrem Blickfeld.

Was haben die vor? Wen suchen sie im Hotel? Lexis Gedanken überschlugen sich, aber es gab nichts, was sie tun konnte. Ihr blieb nichts anderes übrig, als abzuwarten. Eingeschlossen im Kerker. Mit klopfendem Herzen zurückgelassen in der Finsternis.

12

Der Mensch triftet vom Guten ab
und lauert auf Zerstörung

Lieselotte zupfte sich ihren pastellrosa Wollpullover zurecht, den sie extra für den diesjährigen Winter gestrickt hatte. *Selbstgestrickt ist halb gespart.* Sie lurte schon seit Stunden in der Lounge auf ihren neuen *Freund.* Ihre langen weiß-grauen Haare, die sie heute offen trug, sahen zerzaust aus. So als wäre sie zu lange in der Trockenhaube festgehangen. »Auf dich hab ich gewartet.«

Nachdem sie den Hutmann einen ganzen Tag nicht zu Gesicht bekommen hatte, huschte er soeben ums Eck. Ohne sie zu beachten, spurtete er mit ernster Miene vorbei und fasste sich an den Kopf. An seine schwarzen Hüte.

So, Bürscherl. Du kommst mir nimmer aus.

Lieselotte sprang von ihrem Sitz auf und folgte ihm.

Der Mann verschwand hinter dem Frühstücksraum und sie blieb vor der gläsernen Schwingtür stehen und lugte hindurch.

»Ja, ich glaub, ich spinn.« Lieselotte rieb sich ungläubig die Augen. »Des darf doch ned wahr sein.«

Da war Maxl, der sich erregt an einer der vorderen Sitzgelegenheiten mit dem Hutmann unterhielt. *Was hat der Maxl mit dem Deppen am Hut?* Ihr eigener Enkel, der sich mit dem Feind unterhielt. *Dir mach ich gleich noch einen Strudel,* schimpfte Lieselotte gedanklich über den Verrat und horchte auf.

»Hör auf … mach keinen Scheiß … Lektion die Rede … müssen bestraft …«, hörte Lieselotte Bruchstücke des hitzigen Gesprächs.

Maxl trank den letzten Schluck aus seiner Kaffeetasse, klopfte den Hutmann auf die Schulter und ging in Richtung der Toiletten. Dann war der Mann wieder allein und wähnte sich unbeobachtet. Weiter hinter der Frühstückstür lauernd erspähte Lieselotte, wie er an der Ausgabetheke stand und aus seinem obersten Hut etwas herausholte. Mit einer Pinzette lupfte. Was, das konnte sie auf die Entfernung nicht erkennen. Oder doch? Er ließ blitzschnell etwas Winziges in die Suppenschüssel fallen und schob sie an den Küchentresen zurück. »Das geht ins Zimmer 25«, nuschelte der Mann zu einer Servicekraft und steckte ihr einen großen Schein in das weiße Schürzchen. »Sagen Sie, es ist ein Geschenk des Hauses.« Die Servicekraft nickte zufrieden hinsichtlich ihres gewonnenen Taschengeldes. Der Mann verschwand mit schnellen Schritten hinaus und aus Lieselottes Blickfeld.

»Na«, stieß sie entsetzt aus. *Ge, Hundling. Jetzt hab ich dich.* Sie klatschte triumphierend in die Hände und wandte sich vom Saal ab. *Ha, die werden schaun,* prophezeite sie mit einem Lächeln im Gesicht und wischte sich die zotteligen Haare hinters Ohr. Lieselotte wanderte zurück durch das Hotel und wollte schnurstracks Lexi aufsuchen.

Die Zeit totschlagen. Lexi fiel merkwürdigerweise genau diese Floskel ein. Sie saß verängstigt am Boden des Käfigs und war wie paralysiert. Um sie herum war es düster geworden, nachdem das Scheinwerferlicht ausgeknipst worden war. Klingl hatte sich irgendwo im Verlies versteckt und Wallig suchte ihn. Sie konnte seine trampelnden Schritte hören. Lexi wusste nicht, was sie tun sollte. Vor allem, wie sie hier flüchten könnte. Außer, auf Hilfe von außen warten, sofern jemals eine kommen sollte. Denn nicht einmal Justus wusste, wo sie diesmal ihre Nase reingesteckt hatte. Vor Schmerz hielt sie sich den Schädel. Ihre Schläfen pulsierten vor Aufregung. Was hatte der Hutmann jetzt vor? Nach wem waren sie auf der Suche? Und wieso rettete er sie diesmal nicht aus ihrem Gefängnis?

Verängstigte Gedanken vernebelten ihren Verstand und auch der nächste Fieberschub war im Anflug.

Ein dumpfes Geräusch dröhnte an der mit einer Plane verhangenen Rückwand des Käfigs. *Wer ist das?* Klimpernde, schwerfällige Tritte auf den Metallstangen, die sich nach oben bewegten. Sie ahnte, dass sich der Käfig gleich öffnen und sie von jemandem herausgezerrt werden würde. Die nächste in der Reihe. Jetzt, wo sogar das andere Mädchen verschwunden war. Ihr Herz pochte bis zum Anschlag. Die Schritte waren nun über ihren Kopf hörbar und wurden schneller. Irgendwer war den Käfig hochgeklettert. »Hallo? Wer ist da? Lasst mich laufen«, krächzte sie und hob den Kopf. Die Plane über ihr wackelte bedrohlich, dann steckte jemand den Kopf darunter.

Großer Gott. Ein Mann stieg durch eine oben geöffnete Klappe direkt zu ihr in den Käfig.

Klingl!

Lexi schreckte zurück, doch sein zorniges Gesicht war plötzlich schneller an ihr dran, als sie begreifen konnte.

»Du bist mein letztes Opfer«, flüsterte er in Lexis Ohr und drückte ihr mit beiden Händen die Kehle zu. »Siehst du, es hatte einen Sinn, dass du unser Versteck gefunden hast.«

Lexi fühlte seinen heißen, stinkenden Atem. Ihr Körper pumpte vor Adrenalin, als würde es sie in winzige Stücke zerreißen. Sie roch den Schweiß, der aus ihren Poren dünstete und einen intensiven, würzigen Duft angenommen hatte.

Iltisgeruch.

So nannte Justus ihren transpirierenden Duft, wenn sie die pure Angst in sich verspürte. Einzelne Tropfen hatten sich unter ihren Achseln gebildet und trieften auf der Innenseite der Oberarme herunter.

»Mmmhh, da hat aber jemand richtig Angst.« Er leckte ihren schwitzigen Hals mit der Zungenspitze ab. Lexi rang um Luft und zog an seinen Händen. Sie versuchte ihren Hals aus dem Würgegriff zu befreien, aber er hatte zu viel Kraft.

»Klingl, lass die Spielchen.« Wallig tauchte vor ihnen mit jenem Stahlseil auf, das er von Klingl bekommen hatte, und legte es vor sich auf den Boden. »Oder soll ich ein bisschen mit dir spielen?« Er stellte sich breitbeinig auf und verschränkte die Arme vor der Brust.

Tod durch Erdrosseln.

»Wie du siehst, bin ich ein Mann, der gern Taten sprechen lässt. Ich habe keine Angst, jemanden umzubringen. Das war nur Show.«

»Keinen Schritt weiter, oder die Schnüfflerin ist tot.«

»Das Mädchen ist mir scheißegal«, sagte er. »Mach mit ihr, was du willst. Du hältst mich nicht auf, dich zu erdrosseln. Ganz langsam.«

Er schritt weiter auf den Käfig und auf Klingl zu und holte den Schlüssel aus seiner Hosentasche. »Weißt du eigentlich, dass ich durch deine kranken Shows, die du ins Leben gerufen hast, um ein Haar meine Schwester verloren hätte? Sie ist jetzt ein halber Krüppel. Aber … gleich ist es vorbei«, hauchte Wallig und sperrte genüsslich die Käfigtür auf. »Ich hab dir ja gesagt, dass du mir nicht entkommst.«

»Bleib endlich stehen, oder ich mach euch beide kalt«, fauchte Klingl.

»Endlich habe ich freie Bahn für dich.«

Ein lärmendes Geräusch ließ alle aufschrecken. Einzelne Brocken hatten sich von der Decke gelöst und stürzten neben ihnen auf den Boden. Lexi spürte, wie Klingls Druck auf ihren Hals an Intensität verlor und er von ihr abließ. Sie sah irritiert nach oben. Etwas Schweres war über ihnen durch die geöffnete Klappe dumpf zum Liegen gekommen und drückte die schwarze Käfigplane erheblich ein. Dann war es für Sekunden still.

»Herr Hallinger?«, fragte Lexi und rieb sich die Augen. Der Kriminalhauptkommissar hangelte sich aus der ausgebeulten, in der Mitte des Käfigs durchhängenden Plane heraus und verzog schmerzverzerrt sein Gesicht.

»So ermittelt man«, nuschelte er noch benommen vom Sturz und rappelte sich mühselig auf. »Auch wenn's brutal weh tut.«

»Wer ist das?«, fragte Wallig und wich einen Schritt zurück.

»Ein anderer Bulle, jetzt haben wir dich«, antwortete Klingl. »Los, Hallinger, nehmen Sie den Kerl fest.«

»Was machen *Sie* denn hier?«, entgegnete Hallinger verdutzt und hielt sich das Kreuz.

»Ich ermittle verdeckt. Und jetzt beeilen Sie sich. Der Typ ist absolut durchgeknallt«, erklärte Klingl und deutete abfällig auf Wallig.

»Er lügt«, schrie Lexi. »Glauben Sie ihm kein Wort. Klingl ist der Anführer des Clubs. Er hat das Ganze organisiert und durchgeführt.«

Lexi schielte auf Wallig, der blitzschnell eine kleine Fernbedienung aus seiner Hosentasche zog und einen

Knopf darauf drückte. Vor ihnen flackerte plötzlich ein Film auf, der auf die karge Wand projiziert wurde.

»Was ist …?« Klingl starrte verwirrt auf das Bild.

»Na, was sagst du jetzt, du Schweinehund?« Wallig lachte. »Das ist ein Geschenk an dich, von meinem Stiefvater! Ein korrupter Polizist … ts ts ts … das hätte uns doch sonst niemand geglaubt. Wir mussten dich aus der Reserve locken und dich nochmals vor laufender Kamera testen.«

»Du zuerst. Töte das Äffchen, und wenn die Zuschauer wollen, hinterher die Frau …«, sprach Klingl auf dem Bildschirm und zog erst hinterher seine Maske auf. *»Das bringt eine Menge Kohle.«*

»Ihr verlogenen Schweine«, schrie Klingl und hetzte an Lexi vorbei, aus der geöffneten Käfigtür.

»Er haut ab«, brüllte sie zu Hallinger und deutete auf den Geflüchteten.

»Der kommt nicht weit. Ich schnapp mir den Sauhund schon.« Hallinger rannte los und erwischte Klingl am Ärmelende. »Hab ich dich, du dreckiges Stück Scheiße«, schrie er durch die Halle und zerrte ihn zu Boden. Lexi sah, wie er Klingls Arme nach hinten zog und Handschellen klicken ließ. »Du bist ja ein sauberer Kollege. Aber hinter einer Maske verbirgt sich eben so manch falscher Prophet.«

»Ja, richtig. Fast hätte ich es vergessen. Du bist ja einer von der anständigen Sorte, nicht wahr? Ein fader Saubermann. Zum Kotzen.« Klingl spuckte abfällig zu Boden.

»Jetzt ist es sowieso vorbei mit deiner Karriere.«

»Was denn für eine Karriere? Kannst du dir vorstellen, wie demütigend das ist, jeden Tag der unbeliebte Laufbursche zu sein?«, schrie Klingl und trat mit den Füßen wild um sich. »Immer der ewige Loser. Aber nicht mit mir. Ich mache und tue, aber die Gehaltserhöhung kriegt Steinreiter. Dann streng ich mich noch mehr an, und was passiert? Du wirst befördert«, keifte Klingl. »Jetzt bin ich Teil von etwas Großem, das ich auf die Beine gestellt habe. Ich bin der Chef.« Er lachte ihm schwach ins Gesicht.

»Du bist und warst gar nix. Es ist aus«, schimpfte Hallinger laut durch das Verlies. »Ein für alle Mal.« Lexi sah auf den Kriminalhauptkommissar, der Klingl mit hartem Griff festhielt.

»Was ist hier los?«, fragte jemand, der neben ihr aufgetaucht war.

»Justus, Gott sei Dank, du bist da«, schnaubte Lexi.

»In was bist du schon wieder verstrickt?«

»Ich? In gar nix.« Lexi hob unschuldig die Hände. »Hast du meine WhatsApp heute nicht bekommen?«

»Welche WhatsApp?«, fragte er. »Ich hatte keine einzige Nachricht von dir auf meinem Handy. Was ist passiert?«

»Diese Leute, die hier mitmachen, sind grausam. Sie führen Veranstaltungen durch, bei denen Menschen und Tiere brutal sterben. Sie nennen es das *Richtfest*«, erklärte sie weiter. »Diese Monster macht es geil, andere zu töten. Und sie werden fürstlich dafür bezahlt.«

»Das würde das Handyvideo erklären, das ich von meinem Kollegen im Tunnel geschickt bekommen habe«, sagte Justus. »Wir haben es mit korrupten Polizisten zu tun.«

»Ich weiß. Dein Kollege ist einer davon.«

»Wen meinst du? Braunfelder?«

»Na, Klingl. Er ist der Anführer hier. Ein brandgefährlicher Typ.«

»Erzähl keinen Scheiß.«

»Sieh doch.« Lexi deutete auf Hallinger, der mit Klingl im Schlepptau von hinten zurückkam.

»Stimmt das, Nick?«, fragte Steinreiter entsetzt. »Unser Breznsalzer?«

»Infizierte Polizisten in Dacklrain. Ich kann mir nix Schlimmeres vorstellen«, sagte Hallinger. »Erst Braunfelder, jetzt Klingl. Irgendwo scheint es ein Nest zu geben. Wer weiß, wo die sonst noch ihre dreckigen Finger drin hatten.«

»Du wirst staunen, wer alles dabei ist«, knurrte Klingl. »Du brauchst bloß nach oben in den Käfig schauen, kennst du sie? Das sind Richard und Sven, junge Polizeischüler mit ganz viel Talent.«

»Um Gottes willen«, sagte Hallinger entsetzt.

»Ich konnte sie erfolgreich eingliedern. Und auch andere sind ganz nah. Unter uns. Aber ihr werdet sie nicht finden. Irgendjemand wird mein Werk fortführen, wenn die Zeit reif ist.«

»Oh Gott. Tickende Zeitbomben«, sagte Lexi.

»So ist es.« Klingl lachte höhnisch. »Sie sind längst verstreut. Ihr werdet sie nicht erkennen. Sie schlafen im Dunkeln.«

»Was ist mit dem Alibi des Bürgermeisters? Hängt er auch in der Sache drin?«, fragte Justus.

»Der hat zugegeben, den ganzen Tag und auch die Nacht mit seiner Sekretärin Susi verbracht zu haben und sie hat das bestätigt. Ist also aus dem Schneider«, sagte Hallinger. »Zumindest vorerst.«

»Und wieso hat Klingl mir das Beweisvideo von Braunfelder geschickt, wenn er selbst mit drinsteckt? Um von sich selbst abzulenken?« Justus zog sein Handy aus der Hosentasche.

»Was für ein Video?«, fragte Klingl irritiert. »Ich hab gar nix geschickt.«

Justus hielt Lexi den Film direkt unter die Augen. Gebannt verfolgte sie die Szenen.

»Oh Gott«, stieß sie aus. Lexi sah auf dem Handyvideo, wie ein maskierter Kerl auf ein Mädchen einschlug. »Das Opfer ist Sara.«

»Was für eine Sara?«, fragte Justus.

»Das Mädchen aus der Hütte.«

»Ich versteh nicht, was du meinst.«

»Wir müssen sofort zurück ins Hotel«, schrie Lexi. »Die haben etwas vor.«

»Nein, du musst nichts. Das erledigen wir Polizisten, klar, Lexi?« Er zückte ihr Mobiltelefon. »Vermisst du nicht was?«

»Da ist es ja«, schrie sie erleichtert.

»Haben wir oben gefunden, auf dem Weg hierher.«

Sie riss Justus ihr Handy aus den Händen und hastete von ihm weg.

»Lexi, bleib da. Hast du deine Lektion immer noch nicht gelernt?«

»Justus, es geht nicht anders«, rief Lexi ihm von Weitem zu. »Nur noch ein einziges Mal.«

»Vergiss es. Neugierige Weiber kann man nicht aufhalten«, mischte sich Hallinger ein.

»Irgendwann erwürge ich sie«, schimpfte Steinreiter. »Die kann einfach nicht damit aufhören. Wie ein Junkie.«

»Lass sie, dann ist sie halt bei den Ermittlungen dabei. Ist eh wurscht.« Er winkte ab. »Los, gehen wir und liefern Klingl ab.«

»Und was ist mit dem anderen Typ?«, fragte Steinreiter. »Er muss in einem unbeobachteten Moment geflüchtet sein.«

»Den finden wir schon. Ruf die Kollegen an, wir brauchen Verstärkung im Hotel.« Hallinger winkte und eilte mit Klingl in Handschellen voraus, weg aus dem dunklen, mörderischen Kabuff.

Lexi, die gerade mit Justus und Hallinger durch die Eingangstür hastete, sah Lieselotte Birnbaum hektisch auf sich zusteuern.

»Wo sind's denn die ganze Zeit? Ich hab was gsehen.«

»Es gab einen Zwischenfall«, schnaufte Lexi außer Atem.

»Ha? Läuft der Herr Kommissar deswegen barfuß rum?«, fragte die Birnbaum und deutete auf Hallingers nasse, dreckige Füße.

»Sie und Ihre Sperenzchen. Wir haben aber keine Zeit«, entgegnete der Kriminalhauptkommissar. »Im Hotel wird noch mal was passieren, schon bald.«

»Waaah.« Frau Birnbaum schrie auf und zuckte zusammen. Aber nicht wegen Hallingers dunkler Prophezeiung, die sie in Angst und Schrecken versetzte. Ein junger Kerl mit Speck auf den Rippen und himmelblauem Trachtenhemd tippte sie von hinten an.

»Ach, Maxl, du bist es«, schnaufte sie. »Du, mit dir red ich nimmer.« Sie zeigte ihm die kalte Schulter.

»Was bist denn beleidigt, Oma? So kenn ich dich ja gar nicht.«

»Dann lernst mich noch kennen.«

»Hast Angst, dass ich dir nachspioniere?«, fragte Maxl.

»Ein Verräter bist.«

»Wieso?«, erwiderte er scheinheilig.

»Warum ratschst du mit dem Hutmann?«

»Mit wem?«

»Mit dem langhaarigen schwarzen Mann.«

»Ach, du meinst den Basti. Oma, den hab ich zufällig getroffen. Wir kennen uns vom Sehen«, erklärte er. »Er ist Biologe.«

»So, so. Biologe, ha?«

»Freilich, er war hin und weg von meinem Gemüseladen. Wir ratschen oft miteinander«, sagte Maxl. »Der kauft regelmäßig bei mir ein.«

»Der Depp?« Frau Birnbaum zog eine weißhaarige Augenbraue steil nach oben. »Willst mich jetzt für dumm verkaufen?«

»Das ist es«, schrie Lexi plötzlich und kramte nach ihrem Smartphone.

»Was hams denn?«, fragte die Birnbaum.

Lexi war zu aufgeregt für eine Antwort und wischte über den Bildschirm ihres Smartphones. Sie suchte nach dem Bild von der Tonne neben der Hütte. Wieso hatte der Mann den Inhalt so haargenau geprüft, obwohl sie nichts hatte vorfinden können. Sie vergrößerte das Foto und sah genauer hin, kniff die Augen fest zusammen. *Ist das ein Nest?* Sah aus wie ein Biotop, was da gezüchtet wurde. *Mücken.* Ihre Kopftemperatur nahm noch zu und sie glühte förmlich. *Mein Gott.* Die Tonne war die Brutstätte. Lexi schlug sich eine Hand auf die Stirn. Sie hätte es checken müssen. Von da war auch die fiese Mücke gekommen, die sie gestochen hatte.

Die Guten und die Bösen muss man trennen. Etwa, indem man bei den Bösen die Mücken hinterlässt und sie tötet?

Harter Tobak. Lexis Kopf rauchte.

»Der Mann züchtet Tigermücken.«

»Ah, ge? Dann war des sein Geschenk. Der Hutmann hat gerade jemandem was ins Essen getan.«

»Was? Wieso sagen Sie das nicht gleich?«

»Des wollt ich ja die ganze Zeit …«

»Und wo ist der Hutmann jetzt hin?«, fragte sie die Birnbaum.

»Des weiß ich ned. Aber ich weiß, wo die Staunzen drin klebt.«

»Oh, nein. Und wo?«

»Die is auf direktem Weg ins Zimmer 25.« Frau Birnbaum lächelte siegesgewiss. »Für irgendwas bin ich in meinem Alter a noch gut, ge?«

»25? Um Gottes willen. Ich weiß, wer da drin ist.« Hallinger tippte sich auf die Stirn.

»Wer denn?«, fragte Lexi aufgeregt.

»Ich hätte es wissen müssen, Himmelherrschaft«, nuschelte der Kriminalhauptkommissar.

»Wieso? Wer hat dieses Zimmer?« Lexi starrte angespannt in sein Gesicht, das aussah, als litte er plötzlich unter qualvollen Schmerzen. »Sagen Sie schon.« Ohne ihr eine Antwort zu geben, drehte er sich um und spurtete überstürzt los.

13

Du erkennst die Menschen erst,
wenn das Monster in ihnen ausbricht

»Jemand da?« Lexi hatte sich neben Hallinger gestellt, der vernehmbar an die Zimmertür 25 klopfte. »Halloooo?« Er presste sein Ohr an die Tür und lauschte.

»Ach, Nick. Da bist du ja.« Eine Frau mit Bademantel und Handtuch über dem Haar winkte vom Hotelflur aus und kam auf die anderen zu. »Gut, dass ich dich erwische.«

»Ich glaube, Sie sind gemeint.« Lexi tippte Hallinger auf die Schulter und bemerkte, dass er weder auf Lexi noch auf die sich nähernde Frau reagierte.

»Aufmachen, sofort«, befahl er erneut durch die Zimmertür. Ohne weitere Vorwarnung trat er wuchtig den Eingang ein, der schon nach wenigen Minuten nachgab.

»He, spinnt's ihr?«, schrie die Dame, die plötzlich einen Zahn zulegte.

»Ilse? Was machst denn du da?«, seufzte der Kriminalhauptkommissar. »Bist du denn mein lebenslanger Schatten?«

»Wieso? Das ist mein neues Zimmer. Da darf ich mich noch aufhalten, oder?«

»Seit wann?«, fragte er.

»Ja, seit heute erst.«

»Hatten wir nicht die Zimmernummern 17 und 18?«

»Ja, schon. Aber dem Hotel ist ein Malheur passiert. Unser Zimmer wurde aus Versehen doppelt gebucht und da ich ja ganz allein in den zwei großen Zimmern bin, hat mich Frau Feixl gefragt, ob ich ausnahmsweise mit einem anderen Hotelgast tauschen kann. Der wollte wiederum eine Etage tiefer in ein anderes Zimmer, dem war's angeblich hier zu laut«, erklärte sie außer Atem. »Mei, war ihr das unangenehm. Das Hotel hat mir daraufhin ein Upgrade geschenkt und sogar einen Gutschein für drei gratis Wellnesstage in einer der teuersten Suiten. Ist das nicht wunderbar, Nick?« Ihre Augen glänzten. »Da wär ich ja saublöd gewesen, das auszuschlagen. Aber ob sie dich wieder reinlassen, weiß ich nicht, wenn du das ganze Hotel zerlegst.«

»Und wer war vor dir in diesem Zimmer? Hast du den Hotelgast gesehen?«, fragte Hallinger, ohne auf die Sticheleien einzugehen.

»Nur kurz, als wir die Zimmer getauscht haben und er mit seinem Trolley an mir vorbeigerollt ist. Ein reizender junger Mann. Äußerst gepflegt mit silbernen Ohrsteckern.«

»Braunfelder«, knurrte er. »So, wie ich's mir schon gedacht habe.«

»Du kennst ihn?«, fragte sie. »Na ja, wundert mich nicht.«

»Wir müssen jetzt aber den Biologen suchen«, sagte Lexi. »Die Zeit drängt.«

»Und wer ist der Biologe? Hab ich was verpasst?«, fragte Hallingers Frau.

»Ge, da plantschst du einmal zu viel im Whirlpool und schon übersiehst du was?«, sagte der Kriminalhauptkommissar zu seiner Frau. »Vorbei mit deiner Karriere als Spionin.«

»Was soll das heißen? Was passiert denn jetzt?«, entgegnete sie mit großen Augen.

»Der letzte Mord«, flüsterte Lexi heiser.

»Maria und Josef.« Frau Birnbaum traf mit reichlich Verspätung und feststellbarer Altersschwäche schnaufend im zweiten Stock ein und machte ein Kreuzzeichen.

»Dann sind wir ja alle vereint.« Hallinger verdrehte abfällig die Augen.

»Habt's ihr die Staunzen scho gefunden?«, fragte die Birnbaum. »Die schwimmt in der Suppe.«

»Hier ist nix. Hast du ein Essen geliefert bekommen?«, fragte er seine Frau.

»Was für ein Essen denn? Ich hab gar nichts bestellt und auch nichts gekriegt. Erklärst du mir, was das Ganze soll?«

»Ilse, ich muss arbeiten. Wenn du uns nicht weiterhelfen kannst, dann geh wieder zu deinen Schönheitsbehandlungen.«

»Ich komm doch grade von einer Hot-Stone-Massage. Wieso soll ich ... willst mich loshaben?«

»Ich kann dich jetzt nicht brauchen.«

»Das ist doch ...« Sie stemmte wütend eine Hand in die breite Hüfte.

»Verstehst du nicht? Gleich wird's lebensgefährlich. Du bleibst jetzt einmal da, verstanden?«

»Ich mach, was ich will«, trotzte sie. »Wie du dein ganzes Leben lang.«

»Ach, du immer ...«, knurrte Hallinger. »Es ist ein Kreuz mit dir.«

Während die beiden stritten, bemerkte Lexi das schwarzhaarige Mädchen, das seitlich des Hotelflurs ihren Kopf nach ihnen ausstreckte und sie aus der Ferne beobachtete. »Da ist sie«, tuschelte Lexi. »Nicht umdrehen.«

»Wer?« Der Kriminalhauptkommissar bewegte in Zeitlupe den Kopf.

»Sara. Das Mädel, das dem *Richtfest* entkommen ist.«

»Also, jetzt versteh ich gar nix mehr«, seufzte Hallingers Frau und sah irritiert zu ihrem Mann.

»Sie läuft weg.« Lexi huschte ihr nach.

»Hey, bleib jetzt da, Madame«, schrie ihr Justus nach. »Ich kann dich nicht dein ganzes Leben retten.«

Aber Lexi hatte erneut Feuer gefangen und war schon zu weit von ihm entfernt. Außerhalb seiner Reichweite.

Lexi vergaß für den Augenblick, was sie durchlitten hatte. Welchen Preis sie für ihre Neugierde bezahlt hatte. Sie verlor erneut die Kontrolle über ihre Vernunft und rannte Hals über Kopf dem fremden Mädchen hinterher.

»Wir müssen uns beeilen«, hörte Lexi es durch die geschlossene Zimmertür, in die eben das Mädchen verschwunden war. »Die Bullen sind schon da, stehen oben im Zimmer 25.«

Die Stimme von Sara.

»Sieh an. Gut, dass du dich für ein anderes Zimmer entschieden hast, du Bastard«, sagte die tiefe Stimme des Hutmanns. »Oder hast du etwa gedacht, so kannst du mir entkommen? Uns? Da hat dir die Warnung von Klingl auch nichts mehr gebracht.«

»Ich … ni… gewo… bitte …« Eine Person jammerte unverständlich im Hintergrund. Eine männliche Stimme, die Lexi nicht kannte.

Behutsam drückte sie die Klinke hinunter. Sie konnte die Tür mit einer zentralen Karte öffnen, die sie noch immer bei sich trug und lugte durch den entstandenen Spalt hinein.

»Na, los. Mach es, Sara«, befahl der Hutmann. »Worauf wartest du?«

Sie hatte Sicht auf das Mädchen. Mit einem spitzen Werkzeug stand dieses vor einem Unbekannten, der an einen Stuhl gefesselt war und sich unter Tränen wehrte.

»Was hat er dir angetan? Hast du es vergessen?«, fragte der Hutmann.

»Habe ich nicht. Und werde ich nie«, sagte sie zitternd.

»Jetzt hast du die Möglichkeit. Los, bedank dich, Schätzchen. Zweimal.«

Lexi riss die Augen auf. Sollte sich gleich das abspielen, was sie vermutete?

»Befreie dich«, stichelte er sie weiter an. »Die Chance kriegst du nie wieder.«

Sara schloss die Augen und umklammerte den Vorstecher fest in der Hand.

»B… nicht. Es …mir un… leid!« Der geknebelte Mann winselte vor ihr und wackelte mit dem Stuhl auf der Stelle hin und her. Sie rammte dem Mann das Teil in den Oberschenkel und zog es langsam wieder heraus. Der gefesselte Mann jaulte auf vor Schmerzen und Sara schluchzte. Dann stach sie erneut zu.

Oh Gott.

Lexi tippte eine Nachricht in ihr Handy ein und sandte sie an Justus. *Schnell. Hole Hilfe, Zimmer 11.* Sie sah wieder durch den Türspalt. In diesen Sekunden bemerkte sie, dass einer in der Runde fehlte.

Wo ist Wallig?

Lexi spürte, wie sich ihr Hals zuschnürte und die Kehle eingedrückt wurde. Jemand presste ihr die Luft ab.

»Du hättest nicht herkommen dürfen«, hauchte eine Stimme hinter ihr und quetschte sie gegen die Wand. »Jetzt bist du eine Mitwisserin. Und die werden bestraft.«

Wallig hielt Lexi den Mund zu und schleifte sie in den Raum hinein.

»Bist du noch ganz dicht?«, schimpfte der Hutmann. »Wieso bringst du sie hierher?«

»Die hat draußen rumgeschnüffelt. Sie weiß zu viel.« Lexi registrierte das Klicken der Tür. Wallig hatte abgesperrt.

»Mädel, Mädel«, seufzte der Hutmann. »Warum bist du nicht einfach nach deiner Flucht heimgegangen, wie es jede andere vernünftige Frau getan hätte?«

»Mmmh, mmmh.« Lexi strampelte und versuchte zu schreien, aber Wallig drückte weiterhin die Hand auf ihren Mund.

»Lass sie reden«, sagte der Hutmann.

»Was will die schon sagen?« Wallig gehorchte und nahm die Hand von Lexis Mund.

»Wieso tun Sie das? Sie haben mich doch gerettet. Sie sind kein böser Mensch.«

»Das ist wahr. Du bist eine von den Guten. Wie ich. Was man von dem hier nicht behaupten kann.« Der Hutmann zeigte auf den gefesselten Mann, der vor Schmerz winselte. »Weißt du, was er getan hat? Er hat Sara vor laufender Kamera grausam gefoltert und misshandelt. Er hat sie geschlagen und ihr Bein zerstochen, und sogar mit einem Hammer zertrümmert. Diese Bestie. Meine Tochter wird nie wieder richtig laufen können«, knurrte der Hutmann. »Und weißt du warum? Weil es diesem Bastard gefallen hat. Wahllos Frauen zu verstümmeln. Brutal zu quälen. Und dafür wurde er sogar noch bezahlt. In welcher absurden Welt leben wir?«

»Wieso haben Sie nicht die Polizei eingeschaltet?«

»Die Polizei? Was unternimmt die schon? Meine Tochter wäre da drin gestorben, so wie die anderen zuvor.

Aber der Penner würde sicher nach ein oder zwei Jahren aus dem Knast entlassen werden und dürfte sein Leben weiterleben. Nur weil ein Arbeiter vergessen hatte, die Käfigtür über Nacht zuzusperren, konnte Sara sich verstecken und zum entscheidenden Moment fliehen«, erzählte er. »Nein, nein. Das reicht uns nicht. Ich will Gerechtigkeit. Er muss für seine Tat bluten. Und jetzt wird er den Denkzettel nie wieder vergessen.«

»Warum nur haben Sie Klingl geholfen?«, fragte Lexi ängstlich. »Sie haben zugesehen, wie andere Kandidaten sterben mussten.«

»Wie hätte ich sonst meine Tochter rächen können? Und alle anderen Menschen und Tiere, die dort umgekommen sind? Ich musste mir das Vertrauen erarbeiten. Anders hätte ich mich nie einschleichen und ihn auffliegen lassen können. Außerdem habe ich das blonde Mädchen und alle, die ich retten konnte, mit dem Schlüssel befreit, den ich von Klingl erhalten habe. Seit der Showpause im Winter ist kaum etwas unter Deck passiert.«

»Sie haben sich jetzt auch schuldig gemacht. Und durch die beiden Morde.«

»Und wenn schon. So sind die Regeln. Mein Stiefsohn Pius hat die Taten sauber ausgeführt, oder? Sogar mit kleinen Botschaften geschmückt«, sagte er. »Die Bösen müssen selektiert werden. Vernichtet wie Schädlinge. Nur dann kann ich wieder ruhig schlafen.«

»Züchten Sie daher Tigermücken und hinterlassen Sie bei den Leichen? Die Tonne im Wald, ich hab sie gesehen«, erklärte Lexi.

»Du bist klüger, als ich dachte. Ich erforsche sie, ja. Das sind fantastische Kreaturen, nicht wahr? Sie können auf den Menschen Viren übertragen. Ein schönes Symbol für die Toten, nicht? Die habe ich unter meinen Hüten versteckt ins Hotel geschmuggelt. Ist das nicht genial?« Der Hutmann atmete tief durch. »Nur die Bösen sollen bestraft werden. Daher befehle ich es ihm nicht gern.«

»Was befehlen? Bitte tun Sie mir nichts«, wisperte Lexi. »Ich werde es keinem verraten, das schwöre ich.«

»Es ist zu spät. Nur eine kleine Lektion.« Der Hutmann nickte zu Wallig. Blitzschnell packte dieser Lexi am Kopf und setzte ihr ein Taschenmesser an die rechte Wange.

»Bitte nicht«, flehte sie. Lexi spürte, wie sich die Spitze in die Haut hineinbohrte und das Messer sie aufritzte. Lexi schrie auf. Sie fühlte, wie warme Blutstropfen über ihre Wange rollten und am Kinn hinabrannen.

»Gibt eine hübsche Narbe als Erinnerung«, sagte der Hutmann trocken. »Etwas, das du nie vergisst.«

Tränen kullerten aus Lexis Augen. Ein schmerzvolles Andenken, das ihrer Neugierde geschuldet war. Die Erinnerung an etwas Grausames, die sie für immer verfolgen würde und sich in ihre Seele einbrannte.

Ein lauter Krach überrollte schlagartig das Zimmer. Lexi hörte, wie die Tür eingetreten wurde.

»Hände hoch, Sie sind festgenommen«, schrie eine männliche Stimme, die nach Justus klang. Lexi sah aus dem Augenwinkel, dass er mit Hallinger und anderen

Polizisten ins Zimmer gestürmt war. Wallig ließ sie aus seinem Klammergriff und sie sackte erschöpft zu Boden.

»Lauf, so schnell du kannst«, schrie der Hutmann zu dem Mädchen neben sich und schob sie weg. Die Schwarzhaarige floh ins Nebenzimmer und schlug die Tür mit einem lauten Knall hinter sich zu. Dann war es leise.

»Los, hinterher«, schrie Hallinger zu den anderen Polizisten.

Lexi sah zu Justus und Hallinger, die die Täter lautstark überwältigten und in Obhut nahmen.

»Hall…, helfen … mir sch…«, schrie der verletzte Mann unter Tränen mit seinem Mundknebel.

»Braunfelder«, sagte Hallinger. »Mit dir hab ich gerade kein Mitleid, du Viech, dreckiges.«

»Ja, genau. Er hat es verdient, Ihr schmieriger Kollege«, knurrte der Hutmann und zeigte auf den am Stuhl gefesselten Mann. »Alle, die wir erwischt haben. Sie sollten mir dankbar sein.«

»Ah, ge?«, meinte Hallinger.

»Nur durch uns konnten die Typen entlarvt werden. Oder von wem glauben Sie, hat Ihr Kollege das Video geschickt bekommen? Das hab ich heimlich gefilmt und über das Handy von Klingl geschickt, das ich mir in einem unbeobachteten Moment geschnappt habe.«

»Das mag sein. Aber mit Rache muss man vorsichtig sein. Jetzt können Sie zumindest in Ruhe in einer Zelle darüber nachdenken.« Hallinger drehte die Hände des Hutmannes auf den Rücken, ließ die Handschellen einrasten und schob ihn aus der Tür.

»Das macht mir nichts aus. Hauptsache, die Bösen sind aus dem Weg geräumt. Für eine bessere, friedvolle Welt«, hörte Lexi ihn noch rufen, bevor sie aus dem Zimmer verschwanden.

»Zwei festgenommen, eine entkommen und ein Verletzter«, kommentierte sie die Gegebenheiten. »Und eine mit einem fetten Schnitt im Gesicht.« Lexi sah ins Leere und stand völlig neben sich.

»Lexi, alles in Ordnung?«, fragte Justus und beugte sich zu ihr hinab. »Was machst du für Dummheiten?«

»Ich weiß, was ich gemacht habe. Bin selbst schuld«, hauchte Lexi. Sie fühlte sich hundeelend, weil sie ihrer dummen Neugierde nicht widerstanden hatte. Und weil sie ihr Versprechen nicht eingehalten hatte. Sie rappelte sich auf und verwischte Tränen und Blut auf ihrer Wange.

»Na, los. Lass uns gehen«, sagte sie zu Justus. »Ich hab die Nase voll von Toten und Verletzten.«

»Hoffentlich war dir das eine Lehre«, sagte Justus und zog sie hoch. »Aber ich befürchte, das war dir immer noch nicht genug Abenteuer. Hab ich nicht recht?«

Lexi sah Justus an und schwieg. Sie wollte etwas erwidern. *Ich verspreche es dir hoch und heilig.* Oder zumindest: *Ich mache so etwas nie wieder,* schwebte ihr vor. Aber sie verdrückte sich die Worte und biss sich schmerzhaft auf die Unterlippe. Es war besser, diesmal die Klappe zu halten. Sie wusste ja selbst nicht, ob sie es jemals einhalten konnte – und überhaupt wollte. Und das, obwohl Lexis Beine immer noch zitterten und sie gerade die Abreibung ihres Lebens abbekommen hatte. Sie fasste sich an die Stirn. Lexi fühlte sich zwar noch mitgenommen und verwirrt im Schädel, aber die Hitze in ihrem Kopf hatte schlagartig abgenommen. Und auch die Angst hatte sich in tiefe Müdigkeit und Erschöpfung verwandelt.

»Da läuft sie«, schrie Lexi aus ihren Gedanken heraus. Sie bemerkte durch das Hotelfenster, wie Sara über den nächtlichen, schwach beleuchteten Parkplatz humpelte. Das Mädchen stieg in den SUV, trat mit voller Wucht aufs Gas und zischte über den Hügel abwärts. Sekunden später sah Lexi auf dunkle Polizeigestalten, die in den Wagen stiegen und sie mit Blaulicht und Sirene verfolgten. Als der Geräuschpegel abgeklungen war, wurde es ruhig. Im Zimmer als auch auf dem Hof. Nur die Glocke der Dorfkirche St. Pongratz läutete abgedämpft in der Ferne. Dann hörte Lexi nur noch ein lautstarkes Pochen im Trommelfell, das sich Sekunden später in ein durchgängiges, ohrenzerreißendes Piepsen verwandelte.

14

Die Ungewissheit, und mit ihr die Bedrohung, sickern in dein Gedächtnis

Lexi sah auf ihre vordere Haarsträhne, die sekundenlang in die Luft abhob. Eben hatte sie einen tiefen, befreienden Seufzer losgelassen und warf die Handtasche mit Schwung hinter den Tresen. Die Schonzeit war vorbei. Nach zwei Tagen Pause war sie an ihren Arbeitsplatz zurückgekehrt. Wieder fieberfrei und hinter die Rezeption, ein für sie sicherer Ort. Zumindest fühlte sie sich innerlich bereit dazu.

»Ich möchte auschecken.«

Lexi drehte sich um. Ilse Hallinger stand mit schwarz geschmücktem Federhut und hellgrauen Plüschmantel vor ihr, eingehüllt wie im sibirischen Winter. Sie legte die Hotelkarte auf den Tresen während Nick Hallinger abseits mit den roten Trolleys seiner Frau wartete und sich seitlich an der Wand anlehnte.

»Ich hoffe, es hat Ihnen trotz der Umstände bei uns gefallen?«, fragte Lexi.

»Was glauben Sie denn? Obwohl ich durch das gute Essen bestimmt drei Kilo zugenommen habe«, erklärte Frau Hallinger und fuhr sich mit einer Hand über den sichtlich pummeligen Bauch. »Die Massagen waren richtig erholsam.«

»Siehst du jetzt, dass du dir auch ohne mich eine schöne Zeit machen kannst?«, rief Herr Hallinger. »Da brauch ich nicht mehr mitkommen.«

»Na ja, ganz so ist es auch nicht. Der nächste Urlaub im Herbst ist schon gebucht für uns zwei. Gratisurlaub«, quiekte sie und drehte den Kopf zu ihrem Mann. »Ge, Nick?«

»Schau ma mal, Ilse. Bis Herbst ist es noch lang«, sagte er und winkte ab.

»Und was ist das?«, fragte Frau Hallinger interessiert und deutete auf den vor ihr liegenden Wisch, der mit einem großen Schokobonbon in goldenem Papier geschmückt war.

»Die Rechnung für die Minibar.«

»Nick, übernimmst du mal?«, fragte seine Frau und wedelte mit dem Zettel in seine Richtung.

»322 Euro?!« Er war zu ihr gekommen und schielte ungläubig auf die Abrechnung. »Was hast du in den paar Tagen ohne mich gemacht?«, fragte er. »In Champagner gebadet?«

»Jetzt sei nicht so und bezahl halt. Ich musste mich irgendwie ablenken. Seelisch darüber hinwegtrösten, dass du nicht da bist.«

»Ilse, Ilse. Das hast du geschafft.« Er zückte die Scheine aus seinem Portemonnaie und klatschte sie Lexi auf den Tresen. »Meine Frau kostet mich ein Vermögen.«

»Ach, was, danke«, sagte Lexi und nahm das Geld.

»Geht's Ihnen inzwischen wieder gut?«, erkundigte sich Hallinger. »Sie sind ja Montagabend im Hotelzimmer völlig aus den Latschen gekippt. Aber ist ja auch kein Wunder.«

»Ja, die ganze Aufregung war zu viel für mich«, gab sie zu. »Was ist eigentlich mit den Tieren im Verlies passiert?«

»Die wurden sofort beschlagnahmt und sind alle wohlauf. Keine Sorge.«

»Wenigstens etwas. Dann Ihnen eine gute Zeit.« Sie hob kurz die Hand. »Eine Sekunde bitte noch. Fast hätte ich es vergessen. Sie kriegen noch unseren frisch eingetroffenen Hotelflyer mit. Unser komplett neues Herbstprogramm mit erfrischenden Wellnessangeboten und sogar einem Gutschein für einen Spa-Besuch inklusive.«

»Ach, echt?«, klang Ilse Hallinger erfreut. »Nur her damit.«

Lexi verschwand nach hinten und stieß einen lauten Schrei aus. »Oh nein! Das gibt's doch nicht.« Sie blieb abrupt vor der Zwischentür stehen. »Was soll der Scheiß schon wieder?«, rief sie. Vor Schreck ließ sie das Smartphone zu Boden fallen und blieb wie elektrisiert stehen.

»Was ist?«, rief der Kriminalhauptkommissar und hetzte zu ihr.

»Da.« Lexi deutete auf eine Schmiererei. Sie bemerkte, dass ihre Finger zitterten.

»Ja, sauber.« Hallinger sah verdutzt nach oben. »Wieder eine Botschaft.«

Bald, stand mit dunkler Farbe an die hellbraune Tür geschmiert.

»Das sieht frisch aus, gar nicht zerlaufen«, sagte er.

»Was bedeutet *bald?* Ich dachte, Sie haben alle Beteiligten festgenommen?«

»Alle, bis auf dieses Mädchen«, sagte Hallinger. »Sie ist den Kollegen bei der Autofahrt entwischt. Blöderweise.«

Lexi kniff die Augen zusammen. Ein kleines Wort, das Unruhe verbreitete und in ihr erneutes Herzklopfen auslöste.

»Denken Sie, dass sich das Mädchen an mir rächen will?«, fragte Lexi. »Dass ich in Gefahr bin?«

»Unwahrscheinlich. Wieso denken Sie das?«

»Immerhin wurden ihr Vater und Bruder festgenommen. Und ich bin nicht ganz unschuldig daran.«

»Ach, Schmarrn«, sagte Hallinger und winkte ab. »Die ist untergetaucht und traut sich bestimmt nicht mehr ins Hotel zurück.«

»Wer soll das sonst gewesen sein?« Sie starrte weiter darauf. War noch jemand involviert? Und ausgerechnet an ihrer Arbeitstür diese Buchstaben, die persönlich an sie gerichtet zu sein schienen. *BALD*. Sollte das eine Ankündigung sein? Eine Androhung, dass *sie* jetzt dran wäre? Vorsichtig sah sie sich um. Sie bemerkte den *süßen*

Hans, der verstohlen an ihr vorbeischlich. »Sensationell. Einmal wollte ich auch dein blödes Gschau erleben.« Er klatschte in die Hände und lachte vergnügt.

»Spinnst du?«, fauchte Lexi ihn an.

»Sieh an, der umtriebige Hoflump.« Hallinger stemmte die Hände in die Hüften. »Nur Unfug im Schädel.«

»Hab ich dir nicht gesagt, du sollst die Scherze bei Alexandra lassen?«, schrie Anni Feixl ihren Sohn an, die von hinten herankam. »Wenn du nicht bald mit deinen Faxen aufhörst, blüht dir was beim Franzl, des sag ich dir. Die Arme hat schon genug mitgemacht.«

»Ist ja gut, Mutter. Verstehts ihr denn alle keinen Spaß?« Hans hob unschuldig die Hände. »Einmal wollte ich auch bei der Marmeladensauerei mitmischen. Johannisbeermarmelade, mmmmhhh. Einfach zu skurril, was bei uns im Hotel abgegangen ist.«

»Bist du noch bei Sinnen? Untersteh dich, Hans«, schimpfte sie ihn mit erhobenem Finger.

»Nichts für ungut«, sagte Hans mit einem unschuldigen Lächeln zu Lexi. »Übrigens, Mutter. Mit eurem Service muss man sich mal ernsthaft unterhalten, der schwächelt langsam. Eure hausgemachte Grießnockerlsuppe schmeckt ja sonst super, aber diesmal ist ein dickes Viech mit drin geschwommen, von dem ich die Hälfte mitgefressen hab.«

»Hast du schon wieder Essen vom Service stibitzt?« Anni Feixl riss die Augen auf.

»Ich bin doch sozusagen ein Dauergast. Als Sohn hab ich das Vorrecht, mir das zu nehmen, was mir schmeckt«, wehrte sich Hans. »Und die Suppn hab ich mir frisch von der Theke geschnappt.«

»Das war die Tigermücke, die das letzte Opfer bekommen sollte«, rief Lexi aufgeregt.

»Tigermücke? Pfui Deifel.« Hans verzog angewidert das Gesicht. »Bei euch ess ich nix mehr«, sagte er und rannte störrisch von ihnen weg.

»Jetzt wissen wir zumindest, warum das Essen nie in Ilses Zimmer angekommen ist«, sagte Hallinger und schüttelte dabei den Kopf.

»Tja, die Bösen werden bestraft, früher oder später.« Lexi verschränkte die Arme und sah Hans nach, wie er aus dem Hotel verschwand.

»Lass uns auch die Fliege machen, Ilse.« Hallinger lief vor die Theke und zog seine Frau am Ärmel. »Mir reicht's von Mücken. Wenn ich nur daran denke, juckt's mich am ganzen Körper. Ich hab jetzt Urlaub ...«

»So?«, fragte seine Frau. »Davon weiß ich gar nix. Ich bin noch nicht mal abgereist.«

»Urlaub zu Hause bei Ilse ... bis morgen Früh«, sagte er. »Ich freu mich schon auf morgen.«

»Was ist denn da?«

»Da servierst du mir ein 5-Sterne-Frühstück inklusive meiner heißgeliebten Weißwürste, die ich hier sausen lassen musste. Ich erwarte sechs Stück, meine übliche Ration.« Er klopfte ihr neckisch auf die Schulter.

»Pfff. Wieso sollte ich?«

»Na, gut. Dann kannst ja im Herbst wieder allein herfahren«, sagte Hallinger. »Urlaub ohne mich.«

»Das ist Erpressung, Nick.«

»Ich weiß. Aber effektiv.« Hallinger lächelte und drehte sich zu Lexi um. »So, also dann. Die Ratten verlassen jetzt das sinkende Schiff. Geben Sie gut auf sich acht.« Er winkte Lexi zu und flitzte mit den Koffern aus dem Hotel.

»Nick, was läufst denn immer so?«, rief seine Frau ihm nach und watschelte gemächlich in ihrem Winteraufzug hinterher. »Wir sind doch nicht bei einem Wettrennen.«

»Lustig, die beiden«, sagte Lexi amüsiert zu Anni Feixl, die seitlich vom Tresen stand. Der Anblick der Streithähne erheiterte sie. Lexi sah den beiden nach, bis sie aus der Lobby verschwunden waren, und schüttelte dabei den Kopf.

»Immer noch besser, als mit meinem Mann. Der geht zum Lachen in den Keller«, seufzte Feixl. »Bei dem muss man aufpassen wie bei Tretminen.«

»He, Anni.«

Oh-oh.

Da war er.

Franz Feixl trampelte mit feuchten Gummistiefeln und nass gewaschener Arbeitskleidung samt schokoladenbraunem Hut in die Hotellobby hinein und legte seine dreckigen Hände auf den Rezeptionstisch. »Der Hans is nimmer auftaucht bei mir in der Krauthalle. Der wollt mir doch helfen, der faule Lump«, grantelte er.

»Ge, des gibt's doch nicht. Grade ist er zur Tür raus«, sagte Anni Feixl. »Ich dachte, der geht zu dir rüber.«

»Ah, ge. Einen Scheißdreck macht er!«

»Auf den Kerl kann man sich nicht verlassen«, sagte ihre Chefin.

»Dem geb i gleich no a Geld. Und wer hilft mir jetzt mit den Krautköpfen?«, fragte der Bauer. »Komm, geh weida. Zieh dir was drüber und dann hilfst du mir«, befahl er seiner Frau. »Jetzt wird nimmer auf feine Dame gmacht.« Er deutete auf ihr samtiges, hellgrünes Jackett und die elegante schwarze Hose, die sie für den heutigen Tag im Hotel angezogen hatte.

»Also gut. Ich zieh mich schnell um«, sagte sie. »Ich komm gleich in die Halle rüber.« Sie lief gestresst aus der Lobby und zog währenddessen ihr Jackett aus. Gehetzt von ihrem Mann, der ihr im Nacken saß.

»Ja, also. Geht doch.« Auch Franz Feixl drehte sich wieder um und verschwand grußlos aus dem Haus.

Die Freundlichkeit in Person. Lexi runzelte die Stirn über das Verhalten des Bauern und war froh, dass Justus inzwischen wieder besser auf sie gestimmt war. Sie fuhr sich über die Wange und tastete die Wunde ab. Ein tiefer Schnitt, dessen Schmerz sie nachspüren konnte. Der Schock über die Mordsereignisse und die erlittenen Schmerzen saßen wie ein Stachel in der Brust. Aber das Leben in Dacklrain musste weitergehen. Das galt auch für Lexi.

Nanu? Sie zog ihr lautstark vibrierendes Handy heraus.

»Was gibt's denn?«, hauchte sie. »Ich bin schon zurück im Hotel.«

»Nur kurz, Lexi. Den Artikel, den du über die Morde und die Tigermücken geschrieben hast, ist voll eingeschlagen. Die Auflage ist restlos ausverkauft«, faselte Zauderer.

»Und ich bin für immer entstellt.«

»Ach, papperlapapp. Reporterinnen müssen nun mal ihren Kopf hinhalten. Und das erwarte ich auch in Zukunft von dir. Weiter so, Mädchen.« Zauderer legte auf. Ohne Verabschiedung. Das war seine Spezialität.

Lexis Herz pochte. Vor Freude und Skepsis. Nochmal so ein Erlebnis, und sie würde endgültig daran zerbrechen. Ihre Beziehung zu Justus würde kaputtgehen. Aber andererseits …

Weiter so, Mädchen. Zauderers Worte saßen in ihren Ohren fest und wiederholten sich echoartig im Kopf. Sie spürte den aufflammenden Kick, das Erfolgserlebnis, das sich plötzlich wie ein Pflaster über den Schock legte und ihre Wunde kaschierte. *Weiter so, Mädchen.* Sie biss sich angespannt auf die Lippen. Vielleicht würde sie es doch nicht sein lassen können. Ihre Gedanken schwappten über. In Lexi stieg ein wohlig warmes Gefühl auf, das sie durchflutete und auf der Haut bitzelte. Und diesmal war es kein Fieber.

»Eiskalt hast mich angelogen«, schimpfte Lieselotte derweil ihren Enkel. Sie saß in der Wohnlandschaft im Lobbybereich, versunken auf einer Couch und klammerte sich mit einer Hand an ihrem *Ludwig* fest. Insgeheim war es mit diesem bequemer als gänzlich ohne Stütze in ihrem Alter. Nur gab sie das nicht gern zu. *Nicht ums Verrecken.*

»Ach, ge, Oma. Beruhige dich«, sagte Maxl. »Das war nicht so, wie du denkst.«

»Und wie war's dann?«

»Der Basti hat mir nur mal vor ein paar Wochen während des Einkaufs in meinem Standl von der Sache mit den Tieren erzählt und dass er sich bald dafür revanchieren wird zusammen mit seinem Sohn«, gestand Maxl.

»Mit Mord? Bist jetzt durchgedreht? Sag bloß, des hast du gwusst?«, fragte sie ungehalten. »Da kannst dich schleichen.«

»Oma, spinnst du? Davon wusste ich natürlich nix. Ich wollte nie, dass jemand zu Schaden kommt. Das schwör ich dir hoch und heilig. Ich fand's nur gut, dass die die Tiermörder auffliegen lassen wollten, sonst nix. Bei so was Grausamen kann man nicht tatenlos zusehen.«

»So?«, fragte sie misstrauisch. »Es sind a paar Menschen gstorben.«

»Ja, das war die abartige Idee von den beiden, die völlig ausgeartet ist. Damit hab ich nix zu tun«, erklärte er weiter und hob beide Hände. »Darum wollte ich nicht, dass du in dieses Hotel anreist. Ich hab versucht, sofort den Basti aufzuhalten und zur Vernunft zu bringen, als ich davon Wind bekommen hab«, erklärte Maxl. »Nur deswegen bin ich zu diesem Hotel hergefahren, um ihm ins Gewissen zu reden und ihn aufzuhalten. Aber der hat sich in seinem Wahn nicht stoppen lassen und war total fixiert darauf, das durchzuziehen. Und dann wollte ich sowieso die Polizei einschalten«, sagte er weiter. »Und ausgerechnet hier musst du was gewinnen. Ich wollte nicht, dass du das miterleben musst.«

»Also gut, dann Schwamm drüber. Aber so an Schmarrn machst mir trotzdem nimmer, hörst?«, mahnte Lieselotte. »Beim nächsten Mal gehst sofort zur Polizei. Hast mich?«

»Ehrenwort«, versprach Maxl. »Und deinen Millirahmstrudel? Krieg ich den noch am Freitag?«

»Ach, der Strudel.« Lieselotte schlug sich an die Stirn. »Ja, freilich kriegst den. Morgen is der Urlaub eh vorbei. Dann kannst wieder reinhauen.«

»Oma, ich kann's kaum erwarten.« Maxl rieb sich über den fülligen Bauch. »Dann komm ich Mittag zum Essen vorbei. Ich fahr jetzt zurück zu meinem Gemüseladen. Also, pfiat di.« Maxl klopfte ihr auf die Schulter und spurtete aus der Lobby. Lieselotte schlich ihm zur Eingangstür des Hotels nach. Sie schaute ihrem Enkel zu, wie er in seinen bulligen Traktor stieg, den Motor anspringen ließ und den Hügel abwärts dampfte. *Bei dem Kerl kann ma nie wissen, was der so für Flausen hat.* Lieselotte drehte sich beruhigt um. Für sie war es auch an der Zeit, aufs Land heimzukehren. *Jessas, wie die Zeit vergeht.* Lieselotte schielte auf ihre alte, goldene Armbanduhr und zupfte sich durch die Haare. Jetzt stand für sie noch etwas anderes auf dem Plan. *Hot Tschokl̈ät,* gab sie die englischen Wörter wieder, so wie sie den Begriff aufgeschnappt hatte. Also eine heiße Schokoladen-Massage, die sie als i-Tüpfelchen vom Haus geschenkt bekommen hatte und die darauf wartete, von ihr eingelöst zu werden. Mit dem feinen Unterschied, dass die Massage diesmal von dem echten Personal praktiziert werden würde. Geschulte Hände, die sie nicht ertränken wollten, sondern sich um ihr seelisches und körperliches Wohl sorgten.

»Frau Birnbaum, sind Sie soweit?«, rief eine weißgekleidete Dame vom Wellnessbereich hoch.

»Ja, ich komm scho«, gackerte sie freudig. Lieselotte lächelte zufrieden und stakste die Treppen zu den Behandlungsräumen hinunter.

Auch ein altes Mädchen wie sie durfte sich was gönnen.

– E N D E –

Millirahmstrudel-Rezept

Folgenden Millirahmstrudel hob i den Maxl vor sei Nasn gsetzt. Des Rezept reicht von der Menge her für vier hungrige Mägen:

Für an guaden Millirahmstrudel brauchts erst einmal an Teig. Für den deats 200 g Mehl in a Schüssel geben und mit a Prise Salz, 3 EL Öl und etwas Wasser vermischen und a Eigelb dazu. Den Teig fest a paar Minuten lang durchkneten und a halbe Stund abgedeckt bei Zimmertemperatur stehen lassen oder mit a Klarsichtfolie umwickeln.

Für des Innere deats 70 g Butter und 100 g Zucker schee aufschlagen mit an Handrührer und 3 Eier unterheben. Die Schale von a Zitrone abreiben und mit dazu geben. Dann 300 g Quark und 50 g saure Sahne in den Teig unterheben. Ofen auf 180 Grad vorheizen (Ober- und Unterhitze). De übrige Butter deats zerlassen und a scheene, große Backform mit Butter ausstreichen.

Den Strudelteig miassts auf an leicht bemehlten Geschirrtuch 5 mm dick auswälzen und mit eire Händ' vorsichtig etwa tellergroß auseinanderziehen. Die Quarkmasse aufm Teig verteilen und an breiten Rand an der Seiten frei lassen. Den Strudel mithilfe vom Geschirrtuch behutsam aufrollen und in die mit flüssiger Butter bestrichene Backform nei. Den deats für 20 Minuten in den Ofen.

Fürn Guss 150 ml Milch, a Packerl Vanillezucker und a Ei verquirlen, den Strudel ausm Ofen raus, den Guss übern Strudel schütten und nochmal für a knappe halbe Stund backen.

Zum Schluss vui Puderzucker über den fertigen Millirahmstrudel strahn.

Am besten schmeckt er warm, aber ihr kenntsn freili a kalt genießen. Schmeckt himmlisch, oder vielleicht ned?

Pfiat eich! Eure Lieselotte.

BAYRISCHES WÖRTERBUCH

Bapp	Unsinn, Blödsinn, klebrige Masse
Batz	Schlamm, Dreck, Pampe
Bazi	Schelm, Taugenichts, Schlawiner
Belli	kugelförmiger, dicker Kopf
bisserl, a	bisschen
Breznsalzer	Nichtskönner, langweiliger Typ
Bua	Bub, Junge
Bulldog	Traktor
Bürscherl	Bursche, Halbstarker
Damischer	Schwachkopf, Dummkopf, Narr
dappig	dümmlich / benommen
Depp	Idiot
deppert	dämlich, hirnlos, dumm
derblecken	verhöhnen, verspotten
Dritschler	langsamer Mensch, Trödler
Fotzn	Ohrfeige, auch: Mund, Gesicht, Visage
Ge?	Nicht wahr? Oder?
geh weida	ermunternder Aufruf, Ausdruck ungläubigen Staunens
Glubscher	Augen
grantig	mürrisch, gereizt, schlecht gelaunt
Gschau	Gesichtsausdruck, Mimik
gschert	ungehobelt, derb, grob
Gschieß	unnötige Aufregung, überflüssiges Getue
gschleckt	herausgeputzt, schleimig
gspickt	reich, wohlhabend

Gspinnerter	Verrückter
Gspusi	Freund, Liebschaft, Affäre
Ha?	Wie bitte? Nicht wahr?
Hacklstecker	Gehstock
Hanswurst	dummer, nicht ernstzunehmender Mensch
Heini	dummer Mann, jemand, den man nicht ausstehen kann
Henna	Hühner
Herrschaft / Herrschaftszeiten!	Verflucht, Ausruf des Unmuts
Hirsch	Narr, Tölpel
Hundling/Hund	Spitzbube, auch: gewiefter Kerl
Jessas	Ausruf des Unmuts oder des Erschreckens
koa	keine
Krampf	Unfug, Blödsinn
laare Hosn	Schwächling
Lump	gesinnungsloser, betrügerischer Mensch
luren	spionieren, heimlich schauen
Matz	Luder
mei o mei	entsetzter, erstaunter Ausruf
mei	das macht nichts, auch: Lob, Freude
Millirahmstrudel	Dessert
moi / amoi	mal / einmal
nimmer	nicht mehr, nie mehr
no	noch
Pfiat di	Tschüss, auf Wiedersehen, bayerische Grußformel
Pratzen	große, kräftige Hände
ratschen	quatschen, reden
sauber	hübsch, einwandfrei, Ausruf der Anerkennung oder Verblüffung
schee	schön
schleichen	abhauen, verschwinden, aus dem Staub machen
Schmarrn	Schwachsinn, leeres Gerede, auch: Eierspeise

Schmarrnbeppi	Quatschkopf, Spinner
schnabeln	quatschen, plappern, auch: sich küssen
scho	schon
schod	schade
Servus	Gruß zur Begrüßung oder Abschied
Spezl	Freund, Kumpel
staad	leise
Stampfer	dicke, unförmige Beine, auch: Kartoffelpresse
Staunzen	Stechmücke
Tachinierer	Faulpelz, Drückeberger
tratzen	ärgern
Trutschn	plumpe, weibliche Person
varreck	Ausdruck des Erstaunens, Verwunderung, auch: Fluch
Viech	Tier, Vieh
Wadl(n)	Wade(n)
Wampe	dicker Bauch
Watschn	Ohrfeige
Weiber	Frauen
wief	schlau, gewitzt
wurscht	egal

INKA NEUMARKT
Erdbeer
Mund
Allergie
LUZIFER

LUZIFER
VERLAG